저니맨 김태식 4
설경구 장편 소설

초판 1쇄 찍은 날 § 2017년 10월 16일
초판 1쇄 펴낸 날 § 2014년 10월 23일

지은이 § 설경구
펴낸이 § 서경석

총괄팀장 § 최하나
편집책임 § 이선근
편집 § 김슬기

펴낸곳 § 도서출판 청어람
등록번호 § 제387-1999-000006호
등록일자 § 1999. 5. 31
어람번호 § 제1-2777호

주소 § 경기도 부천시 부일로 483번길 40 서경B/D 3F (우) 14640
전화 § 032-656-4452   팩스 § 032-656-4453
http://www.chungeoram.com
E-mail § chungeorambook@daum.net

ⓒ 설경구, 2017

ISBN 979-11-316-91481-2 04810
ISBN 979-11-316-91421-8 (세트)

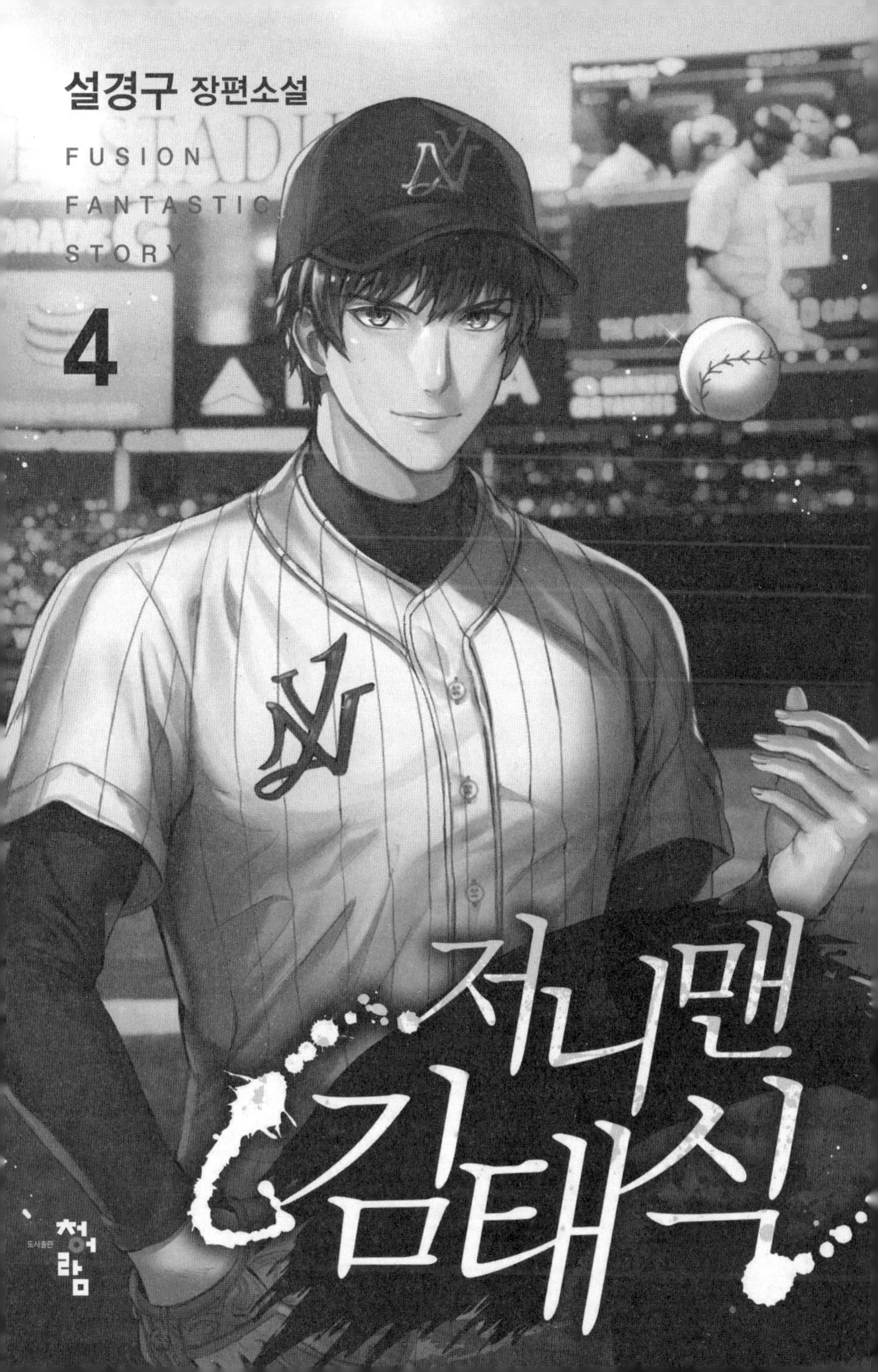
설경구 장편소설
FUSION
FANTASTIC
STORY
4
저니맨
김태식
도서출판 청어람

저니맨 김태식

Contents

1. 독배

심원 패롯스와 마경 스왈로우스의 3연전 2경기.

두 팀 간에 펼쳐지는 3연전 첫 경기를 잡아내며 연승 가도를 달리고 있는 심원 패롯스의 선발 라인업이 바뀌었다.

보통 팀이 연승을 달리고 있는 경우, 감독은 선발 라인업을 교체하지 않고 그대로 유지하는 경우가 대부분이었다.

상승세를 타고 있는 팀 분위기를 해치지 않기 위함이었다.

즉, 현상 유지를 하면서 연승을 계속 이어나가길 바라는 욕심을 내심 갖게 마련이었다.

그렇지만 이철승 감독의 선택은 달랐다.

마경 스왈로우스와의 3연전 두 번째 경기를 앞두고 선발 라인업을 교체하는 과감한 결단을 내렸다.

물론 큰 폭의 변화는 아니었다.

딱 한 포지션만 바뀌었다.

안방마님이라 불리는 포수!

트레이드로 이적한 후 줄곧 주전 포수로 나섰던 용덕수를 대신해서 강만호를 주전 포수로 내세운 것이 전부였다.

그리고 이철승 감독이 내린 선택이 이해가 가지 않는 것은 아니었다.

새로이 선발 라인업에 합류한 강만호는 팀의 프랜차이즈 스타이자, 리그 최고의 공격형 포수 가운데 한 명으로 손꼽히는 선수였다.

오랜 재활을 마치고 부상에서 복귀한 강만호를 외면하며 출전 기회를 부여하지 않기는 어려웠을 터였다.

"이게 독이 될까? 약이 될까?"

강만호가 복귀한 선발 라인업을 확인한 태식이 우려 섞인 표정을 드러낸 채 작게 혼잣말을 중얼거렸다.

<강만호의 부상 복귀. 심원 패롯스에 날개를 달아줄까?>
<연승 가도를 달리고 있는 심원 패롯스, 천군만마를 얻다>
<반등에 성공한 심원 패롯스, 강만호의 복귀 효과로 어디까

지 비상할까?>

강만호가 부상에서 복귀한다는 소식이 전해진 후, 앞다투어 쏟아진 기사의 제목들이었다. 그리고 기자들만이 아니었다.

―강만호까지 복귀. 이러다 진짜 사고치는 거 아님?
―설마… 우승 각?
―오매불망 복귀를 기다렸다. 강만호 짱!
―이제 김대희 슬럼프 탈출하고, 헨리 소사까지 부상에서 복귀하면, 타선 하나만큼은 리그 최강 아님?

심원 패롯스의 팬들도 기사 아래에 달린 댓글들을 통해서 강만호의 복귀에 대한 기대감을 일제히 드러냈다.

―이럴 거면 트레이드는 왜 했음? 월드 스타 용덕수는?

여러 댓글 가운데 태식이 주목한 댓글이었다.
트레이드로 새로이 팀에 합류한 후에 용덕수도 꽤 잘하지 않았느냐? 그러니 용덕수에게도 경쟁할 수 있는 기회를 좀 더 부여해야 하는 것이 아니냐?
이 댓글을 단 네티즌의 주장이었다. 그렇지만 이런 주장을 펼친 네티즌은 딱 한 명뿐이었다.

"역시… 벽이 높네!"

태식이 쓴웃음을 머금었다.

트레이드로 심원 패롯스에 합류한 후, 태식과 용덕수가 펼쳤던 활약은 무척 준수한 편이었다. 그렇지만 심원 패롯스 팬들의 마음을 완전히 사로잡기에는 아직 역부족이었다.

김대희와 강만호!

두 프랜차이즈 선수의 부활을 바라 마지않는 심원 패롯스 팬들의 압도적인 반응이 그 증거였다. 그 반응들을 확인한 순간, 태식은 또 한 번 두 선수가 그동안 쌓아왔던 커리어의 벽이 무척 높다는 것을 실감했다.

그와 동시에 아쉬움을 느꼈다.

용덕수의 말처럼 시간이 조금만 더 주어졌다면?

만약 그랬다면 상황은 또 달라졌을 것이라는 아쉬움이 깃들었다.

어쨌든.

강만호의 부상 복귀를 바라보는 기자들과 팬들의 시선은 장밋빛 일색이었다. 그렇지만 태식의 시선은 조금 달랐다.

'독이 될 가능성이 높아!'

이것이 태식이 가장 우려하는 부분이었다.

물론 강만호가 그동안 쌓아온 커리어와 실력을 무시하는

것은 아니었다. 그럼에도 태식이 부정적인 시선을 던지는 이유는 크게 셋이었다.

우선 강만호의 복귀 시점.

"너무… 일러!"

태식도 심원 패롯스 소속 선수였다. 그래서 강만호의 현재 몸 상태에 대해서는 어느 정도 알고 있었다.

올 시즌 초반, 홈으로 쇄도하던 주자와 부딪히며 뇌진탕을 일으켰던 강만호는 아직 부상 후유증에서 완전히 회복하지 못한 상태였다. 즉, 태식이 알고 있는 정보가 틀리지 않다면, 강만호는 부상에서 완전히 회복하지 못한 채로 그라운드에 복귀하는 것이었다.

아까도 말했듯 몸 상태가 완벽한 강만호의 실력에 대해서는 태식도 의심하지 않았다. 그렇지만 강만호의 몸 상태가 완전치 않다면, 얘기가 달라졌다.

부상에서 완전히 회복하지 못한 상태로 그라운드에 복귀하는 경우, 선수는 가진바 제 기량을 펼치기 어려웠다. 부상 재발에 대한 두려움이 은연중 마음속에 자리 잡고 있기 때문이었다.

굳이 멀리서 예를 찾을 필요도 없었다.

김대희가 바로 대표적인 케이스였다.

올 시즌이 시작된 후 진통제까지 맞아가면서 경기 출전을 강행했지만, 김대희는 그라운드에서 기대 이하의 경기력을 선보였다. 그리고 부상에서 거의 회복이 된 지금도 부상 재발에 대한 두려움을 갖고 있기 때문에 공수주, 모든 측면에서 제 기량을 찾지 못하고 있었다.

강만호 역시 김대희와 비슷한 케이스가 될 가능성이 없지 않았다.

다음으로 우려하는 것은 팀 분위기 저하였다.

투타의 밸런스 붕괴.

심원 패롯스가 올 시즌 내내 안고 있었던 문제였다. 그렇지만 트레이드를 통해서 새로이 팀에 합류한 태식과 용덕수가 타선에서 맹활약하면서, 그 문제가 어느 정도 해결되어 가고 있었는데.

"복귀하자마자 활약할 수 있을까?"

오랜만의 복귀로 인해 흥분한 탓일까.

살짝 상기된 기색으로 그라운드에서 훈련하고 있는 강만호를 살피던 태식이 작게 혼잣말을 꺼냈다.

잠시 뒤, 태식이 작게 고개를 흔들었다.

부상 등의 이유로 장기간 경기에 결장한 후에 실전 감각을 되찾는 데는 어느 정도 시간이 필요했다.

그렇지만 마음이 조급한 탓일까.

강만호는 퓨처스 리그에서 연습 경기도 제대로 치르지 않고, 바로 1군 무대로 복귀한 상태였다.

'덕수 때문이야!'

물론 강만호가 복귀를 서두른 이유가 짐작이 가지 않는 것은 아니었다.

자신이 부상으로 경기에 나서지 못하는 사이, 포수 마스크를 쓴 용덕수가 맹활약을 하면서 위기감을 느꼈으리라.

그렇지만 너무 서두른 감이 있었다.

실전 감각이 떨어져 있는 데다가, 부상 후유증에서도 완전히 벗어나지 못한 것이 강만호의 현재 상태였다.

이 두 가지 요인을 감안하면, 강만호의 복귀 효과가 금세 나타날 가능성은 낮았다.

'만약 강만호가 제 기량을 회복하지 못하고 슬럼프가 길어진다면?'

그렇게 된다면 문제가 심각할 것이었다.

간신히 봉합이 된 듯 보였던 투수와 타자들 간의 갈등이 다시 불거질 확률은 충분히 존재했으니까.

세 번째이자 마지막으로 태식이 걱정하는 것은 용덕수였다.

강만호의 복귀 소식이 알려진 후 봇물 터지듯 쏟아져 나온 기사들과 댓글들을 용덕수가 확인하지 못했을 리 없었다. 애써 겉으로 내색하지 않기 위해서 애쓰고 있지만, 용덕수는 내심 실망하며 초조해하고 있었다.

"포기하긴 일러. 야구와 인생은 비슷한 측면이 있으니까. 일전에 네 입으로 말했잖아. 사람 앞일은 한 치도 모르는 거라고. 앞으로 어떤 일이 벌어질지는 아무도 몰라."

태식이 곁에서 조언을 해주면서 용덕수가 기운을 잃지 않도록 힘을 북돋아주고 있었지만, 분명히 한계가 존재했다.

태식과 달리 용덕수는 아직 어린 선수였기 때문이다.

프로 무대에서 경험이 충분히 쌓이지 않았기 때문에 용덕수는 자신에게 닥친 시련을 의연하게 받아들이기 힘들었다.

작은 충격에도 무너지는 것이 신인들의 특징.

용덕수가 이번 시련을 겪으면서 슬럼프에 빠질 가능성은 충분했다. 그리고 용덕수가 이번 일을 계기로 슬럼프에 빠지는 것은 태식은 물론이고, 심원 패롯스 입장에서도 큰 손실이었다.

상하위 타선의 불균형.

현재 심원 패롯스 타선이 갖고 있는 문제들 중 하나였다.

그나마 새로 합류한 용덕수가 나름대로 제 몫을 해내면서 하위 타선에서 존재감을 발휘하고 있었는데, 용덕수마저 슬럼프에 빠진다면 문제는 아주 심각해질 것이다.

물론 부상에서 복귀한 강만호가 타석에서 용덕수 이상의 활약을 펼쳐주기만 한다면 전혀 문제될 것이 없었다. 그렇지만 아까도 말했듯 부상으로 인해 장기간 결장했던 강만호가 복귀하자마자 좋은 활약을 펼칠 확률은 낮았다.

"위기… 로군!"

경기 전, 훈련을 마치고 더그아웃으로 돌아오던 태식의 눈에 용덕수가 들어왔다.

평소보다 낯빛이 어두운 용덕수의 모습을 확인한 태식이 이런 이유들로 인해 위기를 직감한 순간, 경기가 시작됐다.

*　　　　　*　　　　　*

이연수 VS 닐슨 카메론.

심원 패롯스의 이철승 감독은 연승 행진을 이어가기 위해서 팀의 2선발인 이연수를 선발투수로 내세웠다.

마경 스왈로우스의 강상문 감독도 지난 경기의 아쉬운 패배를 만회하기 위해 팀의 에이스인 닐슨 카메론을 마운드에 올렸다.

선발투수의 무게감 측면에서는 닐슨 카메론이 살짝 우위에 있는 상황.

그렇지만 심원 패롯스의 팀 분위기가 상승세인 것을 감안하면, 두 팀의 전력은 얼추 균형추가 맞는다고 예상해도 무방했다.

'백중세!'

태식이 예상한 경기 양상이었다. 그리고 태식의 예상대로 경기는 팽팽한 투수전 양상으로 진행이 되었다.

0 : 2.

5회 초, 마경 스왈로우스의 공격이 끝났을 때의 스코어였다.

4회까지는 0의 행진이 이어졌다. 그렇지만 5회 초 마경 스왈로우스의 공격에서 0의 균형이 깨졌다.

최원우가 볼넷을 얻어 걸어 나가며 1사 1루 상황에서 5번 타자인 짐 맥그리거의 투런 홈런이 터졌다.

덕분에 마경 스왈로우스는 두 점차의 리드를 잡았다. 반면 심원 패롯스 타자들은 닐슨 카메론의 호투에 꽁꽁 묶여 있었다.

닐슨 카메론을 상대로 4이닝 동안 고작 안타 하나를 뽑아낸 것이 다였다.

유일한 안타를 뽑아낸 주인공은 4번 타자 이명기였다.

2회 말 공격에서 선두 타자로 등장했던 이명기가 중전 안타를 터뜨렸지만, 후속 타자로 등장했던 태식은 닐슨 카메론의 낙차 큰 유인구에 속아서 헛스윙 삼진을 당했다. 그리고 6번 타자인 조용기가 유격수 앞으로 향하는 병살타를 기록한 탓에 득점과는 연결되지 못했다.

5회 말, 심원 패롯스의 공격은 다시 4번 타자 이명기부터 시작이었다.

'출루하면 좋을 텐데!'

대기 타석에 서 있던 태식이 내심 바랐다.

그 바람이 통한 걸까.

퍽!

이명기는 닐슨 카메론의 제구가 뜻대로 되지 않은 4구째 커브에 허벅지 부근을 맞고 1루로 걸어 나갔다.

무사 1루.

찬스가 찾아온 순간, 태식이 타석으로 들어섰다.

'이번 기회에 따라붙어야 해!'

마경 스왈로우스의 에이스인 닐슨 카메론의 오늘 구위는 무척 뛰어났다.

만약 이번 찬스에서 한 점이라도 따라붙지 못한다면?

이미 벌어져 있는 2점의 격차를 끝내 좁히지 못하고 경기에서 패할 확률이 높다는 생각이 들었다.

닐슨 카메론의 호투에 눌리며 침체되어 있는 팀 분위기 반전을 위해서라도 이번 찬스를 그냥 흘려보내서는 안 됐다. 그렇지만 문제는 하위 타선이었다.

'찬스를 살릴 수 있을까?'

타석에 들어선 태식이 대기 타석으로 고개를 돌렸다.

대기 타석에 서 있는 것은 첫 타석에서 병살타를 기록했던 6번 타자 조용기, 다음 타자는 복귀전에서 7번 타순을 부여받은 강만호였다.

'내가 해결해야 해!'

그들을 살피던 태식이 두 눈을 빛냈다.

조용기도 강만호도 믿을 수가 없는 상황.

직접 찬스를 해결하기로 결심한 태식이 두 눈을 빛냈다.

'직구를 노린다!'

2. 트리플 플레이

슈아악!

일찌감치 노림수를 갖고 타석에 들어섰지만, 태식은 타석에서 배트를 한 번도 휘두르지 않았다.

노리고 있었던 직구가 하나도 들어오지 않았기 때문이다.

싱커와 슬라이더, 포크볼, 싱커.

쓰리 볼 원 스트라이크.

닐슨 카메론의 유인구에 속지 않고 잘 참아낸 사이, 볼카운트는 타자인 태식에게 유리하게 바뀌어 있었다.

그리고 5구째.

슈아악!

홈 플레이트로 날아드는 공을 확인한 태식이 힘차게 배트를 휘둘렀다.

'직구가… 아니다!'

이명기에서 사구를 허용한 데 이어서 볼넷까지 허용하는 것은 닐슨 카메론의 입장에서도 분명히 부담스러울 터.

그래서 닐슨 카메론이 스트라이크를 잡기 위해서 직구를 던질 거라 판단했다. 그런데 닐슨 카메론이 선택한 구종은 직구가 아니라 체인지업이었다.

148km.

오늘 경기에서 닐슨 카메론이 던진 직구 최고 구속이었다. 직구와 약 10km의 구속 차이가 나는 체인지업이 들어온 순간, 태식이 살짝 들어 올렸던 오른 다리의 착지를 의도적으로 늦추었다.

수 싸움이 빗나간 상황!

어떻게든 타이밍을 맞추기 위한 궁여지책이었다.

따악!

어긋난 타이밍.

타이밍을 맞춰보기 위해서 애썼지만, 수 싸움에서 패한 탓에 타격 타이밍은 완벽하지 않았다.

부우웅!

태식이 이를 악물고 폴로스루했다.

'힘을 실어야 해!'

파악!

바닥을 한 번 강하게 때린 타구는 바운드를 크게 일으켰다.

태식이 도중에 멈추지 않고 스윙을 끝까지 가져간 덕분에 타구에는 제대로 힘이 실렸다.

예상했던 것보다 큰 바운드를 일으킨 타구!

1루수인 짐 맥그리거의 타구 판단은 틀렸다.

바운드 예측에 실패해서 앞으로 대시하던 1루수 짐 맥그리거는 힘이 실리며 바운드를 크게 일으킨 타구를 확인하고서 당황하며 뒷걸음질을 치기 시작했다.

'넘어가라!'

다행히 짐 맥그리거는 수비가 좋은 편이 아니었다.

뒷걸음질을 치던 짐 맥그리거가 마지막에 점프하며 글러브를 위로 들어 올렸지만, 바운드를 일으킨 타구는 글러브 속으로 빨려 들어가지 않았다.

틱!

글러브 끝을 맞고 타구가 굴절됐다. 그사이, 중심을 잃어버린 짐 맥그리거는 엉덩방아를 찧으며 바닥에 넘어졌다.

'됐다!'

1루 베이스를 밟고 2루를 향해 내달리던 태식이 선행 주자였던 이명기의 주루 플레이를 살폈다. 3루 베이스를 통과한 후에 멈추지 않고 홈으로 쇄도할 기세였던 이명기가 도중에 급히 멈춰 서는 것이 보였다.

늦었다고 판단한 걸까.

3루 주루 코치가 급히 팔을 들어 올리면서 이명기의 홈 쇄도를 막았기 때문이다.

'아쉽네!'

여유 있게 2루에 안착한 태식이 아쉬운 기색을 감추지 않았다.

'과감하게 홈으로 쇄도했다면?'

충분히 승부가 가능한 타이밍이었다.

'명기의 발이 조금만 빨랐더라도 추격 득점을 올릴 수 있었을 텐데.'

태식이 못내 아쉬움을 곱씹는 사이, 상황은 또 한 번 급변했다.

6번 타자 조용기의 타석.

마경 스왈로우스의 포수가 벌떡 일어섰다.

처음에는 흔들리고 있는 닐슨 카메론을 진정시키기 위해서 마운드로 향할 것이라고 판단했는데.

그 판단은 빗나갔다.

포수는 아예 일어나서 공을 받기 시작했다.

고의 사구.

단 한 점도 허용하지 않기 위해서 마경 스왈로우스의 감독인 강상문은 위험을 무릅쓰고 1루를 채우며 만루 작전을 펼쳤다.

"볼넷!"

무사 만루.

절호의 찬스에서 타석에는 7번 타자 강만호가 들어섰다.

통산 타율 0.308.

프로 데뷔 후 강만호가 남긴 성적이었다.

3할대 초반의 통산 타율을 기록하고 있을 뿐만 아니라, 매 시즌 홈런도 꾸준히 20개 가까이 기록했다. 그리고 가장 좋았던 시즌에는 홈런을 28개까지 기록했을 정도로 강만호는 장타력도 갖추고 있었다.

리그 최고의 공격형 포수 중 한 명으로 손꼽히기에 충분한 기록.

와아!

와아아!

무사 만루의 찬스에서 강만호가 타석에 등장하자, 심원 패롯스 홈 팬들이 열렬한 환호성을 보내기 시작했다.

부상에서 복귀한 강만호에 대한 팬들의 기대치가 그만큼 크다는 증거였다.

부웅. 부웅.

그 기대에 부응하고 싶어서일까.

타석에 들어선 후 연신 배트를 크게 휘두르며 타격감을 조율하고 있는 강만호를 바라보며 태식이 리드폭을 서서히 늘리기 시작했다.

'서두르지 마라!'

태식이 속으로 중얼거렸다.

오늘 경기에서 최대 위기에 몰린 닐슨 카메론은 지금 흔들리고 있었다.

더구나 주자가 베이스에 꽉 들어차 있는 상황.

투수와 타자.

급한 쪽은 타자가 아니라 투수인 닐슨 카메론이었다.

그런 만큼 볼카운트를 유리하게 가져가면서, 최대한 신중하게 승부하는 편이 옳았다.

만약 강만호가 아니라 용덕수가 타석에 서 있었다면?

태식은 분명히 이렇게 지시했으리라.

그렇지만 지금 타석에 서 있는 것은 용덕수가 아니라 강만호였다. 그리고 자존심이 강하기로 소문난 강만호가 태식이 건네는 충고나 지시에 귀를 기울일 확률은 낮았다. 아니, 없었다.

'어떤 결과가 나올까?'

태식이 눈매를 좁힌 채 지켜보는 사이, 닐슨 카메론이 초구를 던졌다.

슈아악!

'직구!'

닐슨 카메론의 선택은 과감했다.

몸 쪽 높은 코스로 파고드는 직구 승부.

'이걸… 노렸던 거야!'

닐슨 카메론이 초구로 선택한 몸 쪽 높은 코스로 날아드는 직구를 확인하자마자, 태식이 눈살을 찌푸렸다.

아직 경기는 중반에 불과했다. 그런 만큼 강상문 감독이 만루 작전을 펼친 것은 너무 위험한 선택이라고 여겼는데.

강상문 감독이 이런 위험한 선택을 내린 데는 이유가 있었다.

'노림수!'

닐슨 카메론이 초구로 선택한 몸 쪽 높은 코스의 직구를 확인한 순간, 태식은 강상문 감독의 노림수가 무엇인지 알 수 있었다.

'치지 마!'

태식이 속으로 외쳤다. 그렇지만 그 외침은 강만호에게까지 전해지지 않았다.

마치 조건반사를 하는 파블로프의 개처럼 강만호는 당연하다는 듯이 배트를 힘차게 돌렸다.

딱!

타구는 원 바운드로 베이스 근처에 머물러 있던 3루수의 글러브로 빨려 들어갔다. 베이스를 밟은 3루수가 지체하지 않고 2루수를 향해 송구했다. 1루 주자가 슬라이딩을 하면서 2루수의 송구를 방해할 기회조차도 없었다. 2루수는 아무런 방해도 받지 않고 1루로 송구했다.

'살아라!'

자칫 잘못하면 무사 만루의 찬스를 한 번에 날릴 상황이었다. 그래서 1루 쪽 상황을 살피던 태식의 낯빛이 이내 어두워졌다.

'늦어!'

용덕수와 강만호.

두 선수는 포지션이 포수로 같았다. 그렇지만 차이점은 많았다. 그 차이점 가운데 하나는 발이었다.

용덕수는 포수치고 발이 빠른 편이었지만, 강만호는 발이 무척 느렸다.

2루수가 힘껏 뿌린 송구가 1루수의 글러브에 도착했을 때, 강만호의 발은 베이스에서 한참 떨어져 있었다.

"아웃!"

1루심이 큰 액션과 함께 아웃을 선언한 순간, 태식은 몸에서 힘이 쭉 빠져나가는 느낌을 받았다.

트리플플레이(Triple play)!

흔히 삼중살이라고도 표현하며, 한 이닝에 주자와 타자를 합쳐 세 명이 한꺼번에 아웃되는 것을 일컫는 용어였다.

한 시즌을 통틀어 한두 번 나올까 말까한 것이 바로 트리플플레이였다. 그런데 방금 트리플플레이가 등장했다.

"공수 교대!"

워낙 진귀한 상황이기 때문일까.

심원 패롯스 홈 팬들은 마경 스왈로우스 선수들이 환하게 웃으며 더그아웃으로 뛰어들어 가는 것을 확인하고서야 비로소 상황을 파악했다.

쥐 죽은 듯이 고요하게 변한 경기장에는 야유도 환호도 흘러나오지 않았다.

우우.

우우우.

잠시 뒤 경기장의 분위기가 일변했다.

심원 패롯스 홈 팬들이 일제히 쏟아낸 비난이 그라운드로 쏟아졌다. 그리고 그 비난이 쏟아진 대상은 엄청난 환호를 받으며 타석에 등장했던 강만호였다.

*   *   *

최종스코어 0 : 3.

마경 스왈로우스와의 3연전 2경기는 심원 패롯스의 완패했다. 그와 함께 심원 패롯스의 연승 행진도 마감했다.

<불운이 겹친 트리플플레이, 심원 패롯스의 연승을 끊다>

심원 패롯스의 패배를 전한 기사의 제목이었다. 그렇지만 태식은 그 기사 제목에 동의하지 못했다.

"불운이… 아냐!"

경기가 종료되고 숙소로 돌아온 지 한참 시간이 지났지만, 태식은 치미는 화를 주체하기 힘들었다.

오늘 경기의 패배가 여러모로 아쉬웠기 때문이다.

마경 스왈로우스의 에이스인 닐슨 카메론의 눈부신 호투.

마지막까지 경기를 책임지면서 완봉승을 거둔 닐슨 카메론이 펼친 혼신의 역투가 오늘 경기 패배의 가장 큰 요인이라는 것은 부인할 수 없었다.

그렇지만 심원 패롯스에도 분명히 기회가 있었다.

5회 말에 찾아왔던 무사 만루의 기회.

'만약 그때 한 점이라도 뽑아냈다면?'

무사 만루 찬스에서 1점만 뽑아내고 찬스가 무산되면 흔히 아쉽다고 표현한다. 그렇지만 태식은 그 1점조차도 뽑아내지 못했던 것이 너무 아쉬웠다.

트리플플레이.

이 기사를 쓴 기자는 운이 없었다고 역설했다. 그렇지만 태식이 생각하기에는 불운했던 것이 다가 아니었다.

'엉망진창이었어!'

당시의 기억을 더듬던 태식이 눈살을 찌푸렸다.

무사 만루 찬스에서 타석에 들어선 강만호의 플레이가 엉망진창이었다고 태식이 폄하하는 이유는 크게 셋이었다.

우선 너무 서둘렀다.

당시 무사 만루의 위기에 몰렸던 닐슨 카메론은 분명히 멘탈과 제구가 함께 흔들리고 있었다. 재차 강조하지만 그 상황에서 좀 더 급한 쪽은 타자인 강만호가 아니라 투수인 닐슨 카메론이었다.

그런 만큼 심리적 우위인 측면을 살리기 위해서는 타석에서 최대한 신중하게 대결에 임했어야 했는데.

강만호는 닐슨 카메론이 던진 초구를 공략하는 커다란 우를 범했다.

두 번째 이유는 스스로를 과신했다는 점이었다.

부상을 당하기 이전의 강만호는 빠른 배트 스피드를 바탕으로 장타력을 뽐내는 유형의 선수였다. 그리고 강만호는 그 기억을 고스란히 갖고 있었다.

　그렇지만 당시와 지금은 상황이 달랐다.

　부상을 당한 후 결장이 길어지면서 실전 감각이 많이 떨어져 있는 상황.

　기억 속에 남아 있는 강만호의 모습과 현재 강만호의 모습이 똑같을 리 없었다.

　프로 선수는 냉정해야 했다.

　현재 자신의 몸 상태가 부상 이전과는 분명히 다르다는 것을 인지한 채로 타석에 임했어야 했다. 그러나 강만호는 냉정하게 자신을 바라보지 못했다.

　몸 쪽 높은 코스로 들어오는 직구!

　강만호를 상대로 닐슨 카메론이 초구로 던졌던 공이었다. 그리고 몸 쪽 높은 코스의 공을 그냥 흘려보낼 수 있는 타자는 드물다.

　그래서일까.

　강만호는 반사적으로 배트를 내밀었고, 그것이 악수가 됐다.

　배터리의 의도대로 타구는 3루수에게로 향하는 내야 땅볼이 됐고, 결국 무사 만루의 찬스를 허무하게 날리는 트리플 플레이로 연결됐으니까.

만약 강만호의 몸 상태가 부상 이전이었다면?

상황은 또 달라졌으리라.

몸 쪽 높은 코스로 파고드는 직구를 공략해서 최소 외야플라이는 만들어낼 수 있었을 테니까. 그렇지만 강만호의 배트 스피드는 147㎞의 직구 구속에 제대로 따라가지 못해 내야 땅볼로 물러났다.

결국 닐슨 카메론과 강상문 감독이 쳐놓은 덫에 강만호가 보기 좋게 걸려든 셈이었다.

태식이 진심으로 화가 났던 마지막 세 번째 이유는… 강만호가 최선을 다하지 않았다는 것이었다.

트리플플레이는 한 시즌을 통튼다고 해도 겨우 한두 번밖에 나오지 않을 정도로 쉽게 만들어지지 않았다. 그 이유는 송구를 거치는 과정에서 시간이 많이 걸리기 때문이었다.

강만호의 발이 느린 편임을 감안하더라도, 그가 전력 질주를 했다면 1루에서 살 수 있었을 확률이 높았다.

그랬다면 트리플플레이를 면하면서 득점 찬스를 이어나갈 수는 있었을 터였는데.

강만호는 1루까지 전력 질주를 하지 않았다.

"타성에… 젖었어!"

태식이 눈살을 찌푸렸다.

경험이 풍부한 강만호라면 자신이 때린 빠른 타구가 닐슨 카메론에게 잡힌 순간, 트리플플레이가 될 것임을 직감했을 가능성이 높았다. 그래서 최선을 다해서 1루로 뛰는 대신, 설렁설렁 뛰었으리라.

물론 아직 완전치 않은 몸 상태의 여파도 없지 않았을 것이었다.

그렇지만 그 점을 감안한다 하더라도 강만호의 플레이는 납득하기 어려웠다.

만약 몸 상태가 완벽하지 않다면, 차라리 경기에 출전하지 말았어야 했다. 그리고 일단 경기 출전을 강행했다면, 최선을 다해서 플레이를 해야만 했으니까.

우우!

우우우!

트리플플레이가 나왔을 때, 심원 패롯스 홈 팬들이 야유를 쏟아낸 가장 큰 이유는 결과 때문이 아니었다. 1루까지 전력 질주를 하지 않은 강만호의 안이한 주루 플레이라는 과정이 홈 팬들의 분노를 불러일으켰던 것이었다.

"정말 한심하기 짝이 없군!"

태식이 한숨을 내쉬었다.

부상에서 복귀한 후 의욕이 과해서 승부를 서두르고, 자신의 컨디션을 냉정하게 파악하지 못하는 것은 있을 수 있는 일이었다.

그렇지만 최선을 다하지 않아서 결국 트리플플레이로 연결됐던 강만호의 주루 플레이만큼은 도저히 용납하기 어려웠다.

어쨌든.

결과적으로 강만호의 트리플플레이가 오늘 경기의 승부를 결정지었다고 해도 과언이 아니었다.

덕분에 위기를 넘기며 기세를 탄 닐슨 카메론의 구위는 더욱 위력적으로 변했고, 반면 추격 흐름이 끊겨 버린 심원 패롯스 타자들은 그 후 타석에서 무기력하게 물러났다.

'강만호가 아닌 덕수가 선발로 나섰다면?'

태식이 한숨을 내쉬었다.

만약 강만호가 아닌 용덕수가 주전 포수로 나섰다면, 경기의 양상은 또 달라졌을 가능성이 높았다. 그래서 더욱 아쉽게 느껴졌지만, 이미 엎질러진 물이었다.

더 큰 문제는 한동안 용덕수가 아닌 강만호가 주전 포수로 출전할 가능성이 무척 높다는 것이었다.

"상승세가… 꺾일 수도 있어!"

태식이 내심 우려하는 가운데 마경 스왈로우스 심원 패롯스의 3연전 마지막 경기가 시작됐다.

3. 망테크

윤동하 VS 이안 라이트.

양 팀이 내세운 선발투수였다.

올 시즌 6승 5패 방어율 4.28을 기록하며 심원 패롯스의 4선
발을 맡고 있는 윤동하와 6승 2패 방어율 3.18을 기록하며 마
경 스왈로우스의 2선발을 맡고 있는 이안 라이트.

두 투수가 올 시즌에 거둬들인 승수는 같았지만, 승률은 이
안 라이트가 훨씬 높았다. 또 방어율도 이안 라이트가 무려 1점
이상 낮았다.

여러 지표들을 감안할 때, 선발투수 맞대결에서는 이안 라

이트가 우위에 있다는 것을 부인할 수 없었다.

"포수의 역할이 중요해!"

아직 경험이 풍부하지 않은 신인급 투수인 윤동하를 잘 이끌며 안정적으로 경기를 풀어나가는 포수의 역할이 중요한 상황이었다.

1회 초 수비에 나선 태식이 포수 마스크를 쓴 강만호를 바라보았다.

강만호와 용덕수.

경험 면에서 강만호가 훨씬 앞선다는 것은 부인할 수 없었다. 그렇지만 태식은 강만호를 바라보던 도중 불안감을 느꼈다.

그 불안감의 원인은 크게 둘.

하나는 강만호가 원래 수비력이 좋은 포수가 아니라는 점이었다.

리그를 대표하는 공격형 포수!

자신의 이름 앞에 따라붙는 수식어처럼 강만호의 가장 큰 장점은 공격력이었다. 물론 수비가 아주 형편없지는 않았지만, 강만호의 스탯이 공격에 방점을 찍고 있다는 것은 부인할 수 없었다.

더구나 강만호는 어제 경기 타석에서 3타수 무안타로 부진했다. 그 가운데 트리플플레이로 연결된 타구도 있었고.

아마 어제 경기에서의 부진을 타석에서 만회하고 싶은 마음이 크리라.

그리고 거기에 집중하다 보면, 수비 시에 집중하지 못할 가능성이 높았다.

또 하나는 강만호의 몸 상태였다.

어제 경기 타석에서도, 또, 주루 플레이를 할 때도 강만호는 부상 이전에 비해서 몸이 둔하게 느껴졌다.

물론 실전 감각이 돌아오지 않은 탓도 있으리라.

그렇지만 태식이 보기에는 뇌진탕 부상의 후유증을 완전히 털지 못한 이유가 더 크게 느껴졌다.

'괜찮을까?'

그런 이유로 태식이 우려의 시선을 던지고 있을 때였다.

따악!

마경 스왈로우스의 리드오프인 임훈이 직구를 노려서 깔끔한 중전 안타를 터뜨리며 공격의 포문을 열었다.

무사 1루.

이안 라이트에 대한 신뢰가 있기 때문일까.

강상문 감독의 선택은 보내기번트였다.

틱. 데구르르.

2번 타자 이민성이 작전 지시대로 보내기번트를 감행했다.

투수와 포수의 중간 지점으로 굴러가는 번트 타구를 향해 포수 마스크를 벗어 던진 강만호가 달려들었다.

'늦었어!'

선행 주자인 임훈의 발은 무척 빨랐다. 또 윤동하의 투구 동작을 비디오 분석을 통해서 연구한 듯 스타트도 빨랐던 편이었다. 그래서 2루에서 선행 주자인 임훈을 포스아웃시키기에는 늦었다고 태식이 판단했다. 그렇지만 강만호의 생각은 달랐다.

공을 잡자마자 지체하지 않고 2루로 뿌렸다.

"세이프!"

결과적으로 강만호의 선택은 악수가 됐다.

2루에서 세이프가 선언되면서, 1루 주자는 물론이고, 타자 주자도 1루에서 세이프가 되는 결과가 만들어졌으니까.

그로 인해 1사 2루가 됐어야 할 상황이 무사 1, 2루로 바뀌었다.

'실전 감각이 떨어졌어!'

분한 표정으로 포수 마스크를 다시 주워 쓰는 강만호를 바라보던 태식의 두 눈에 깃든 우려가 깊어졌다.

번트 타구를 처리하던 강만호가 상황을 오판한 이유.

실전 감각이 떨어졌기 때문이다.

'내가 본 것을… 강상문 감독이 보지 못했을까?'

태식이 진짜 우려하는 것은 이것이었다.

무사 1, 2루 상황에서 강상문 감독은 보내기번트가 아닌 강공을 지시했다. 그리고 태식이 방금 전에 우려했던 대로였다.

슈아악!

타닷.

타다닷.

강상문 감독은 과감한 더블스틸 작전을 펼쳤다.

테이블 세터진인 임훈과 이민성의 빠른 발.

경험이 풍부하지 않은 심원 패롯스의 선발투수 윤동하.

실전 감각이 떨어져 있는 포수 강만호까지.

이 세 가지 요인이 모두 맞아떨어진다고 판단했기에, 위험을 무릅쓰고 과감한 더블스틸 작전을 지시한 것이었다.

그런 강상문 감독의 판단은 정확했다.

낙차 큰 커브를 간신히 포구한 강만호는 3루나 2루로 송구를 해보지도 못하고 허무하게 더블스틸을 허용했다.

무사 2, 3루로 상황이 바뀐 순간, 윤동하가 흔들리기 시작했다.

툭!

노 볼 원 스트라이크에서 던진 유인구는 원 바운드로 들어왔다. 그리고 강만호가 블로킹을 하기 위해 자세를 낮췄지만, 가랑이 사이로 공이 빠졌다.

0 : 1.

패스트볼로 선취점을 허용한 순간, 윤동하의 표정이 와락 일그러졌다. 그리고 아직 끝이 아니었다.

볼넷.

멘탈과 제구가 동시에 흔들린 윤동하는 마경 스왈로우스의 3번 타자인 정현준에게 잇따라 볼을 던지며 볼넷을 허용했다. 그리고 4번 타자 최원우마저 몸에 맞는 공으로 내보내며 무사 만루의 위기를 자초했다.

"아직 경기 초반이니까 실점해도 괜찮아. 너무 서두르지 마."

경기 초반부터 심하게 흔들리고 있는 윤동하를 진정시키기 위해서 이철승 감독이 마운드를 방문했다. 그렇지만 그 짧은 방문은 별 효과가 없었다.

따악!

5번 타자 짐 맥그리거는 윤동하의 실투를 놓치지 않았다.

까마득하게 날아간 타구가 외야 관중석 상단에 떨어진 순간, 태식이 한숨을 내쉬며 고개를 떨구었다.

1 : 7.

두 팀의 3연전 마지막 경기 최종 스코어였다.

1회 초에 5실점을 한 심원 패롯스는 시종일관 무기력한 졸전을 펼친 끝에 패했다.

3타수 1안타.

태식이 팀의 유일한 득점을 올리는 적시타를 터뜨렸지만, 이미 진즉에 분위기가 넘어가 버린 경기를 뒤집기에는 역부족이었다.

그로 인해 심원 패롯스는 연패에 빠졌다.

*   *   *

"후우!"

숙소로 돌아온 태식이 한숨을 내쉬었다.

연패가 확정된 순간, 잔뜩 일그러졌던 이철승 감독의 표정이 떠올랐다.

물론 경기에 패할 수는 있었다. 그렇지만 이철승 감독이 표정이 참혹하게 일그러뜨려졌던 이유는 패배로 이어지는 과정이 좋지 않았기 때문이다.

부상에서 복귀한 강만호의 선발 출전.

연승 가도를 달리고 있던 심원 패롯스가 다시 연패에 빠지는 사이, 심원 패롯스의 유일한 변화였다.

그런 강만호의 부상 복귀는 심원 패롯스의 도약에 날개를 달아줄 거라고 모두가 예상했는데.

결과적으로는 정반대였다.

흔히 안방마님이라 불리는 포수의 역할은 컸다. 안방마님인 포수가 흔들리기 시작하자, 심원 패롯스는 맥없이 무너졌다.

'강만호가… 두 경기를 모두 망쳤어!'

공수주.

모든 측면에서 강만호의 경기력은 빵점이었다. 특히 수비에서 잇따라 나온 실책이 치명적이었다.

만약 이런 상황이 계속된다면?

투수들은 마운드 위에서 불안해할 수밖에 없었다. 그리고 강만호의 존재로 인해 오롯이 투구에 집중하지 못하게 되면 자연스레 경기력이 저하되리라.

'알고 계실 거야!'

태식이 알고 있는 것을 팀을 이끌어가는 노련한 수장인 이철승 감독이 모를 리 없었다. 그래서 이철승 감독이 어떤 대책을 세울 것이라는 생각에 잠시 밝아졌던 태식의 표정은 이내 다시 어두워졌다.

강만호는 부상 복귀 이후 고작 두 경기에 출전했다.

비록 지난 두 경기에서 부진한 모습을 보이며 팀 패배의 원흉으로 지목됐지만, 강만호는 심원 패롯스를 대표하는 프랜차이즈 스타 중 일인이었다.

강만호가 고작 두 경기에서 부진했다고 선발 라인업에서 제외하는 결정을 내리는 것은 절대 쉽지 않았다.

—강만호 복귀 후 심원 패롯스 망테크 탐.

—이놈의 냄비 근성. 이제 겨우 두 경기 했다.

―벌써 욕하기는 이르다.

―아직 실전 감각이 안 돌아와서 그러는 거임.

―폼은 일시적이지만 클라스는 영원한 법.

2연패에 빠진 심원 패롯스와 관련된 기사에 달린 댓글들이었다.

강만호의 부상 복귀 이후에 심원 패롯스의 경기력이 다시 엉망으로 변했다는 날카로운 지적도 있었지만, 대부분의 댓글들은 강만호에게 우호적이었다.

그만큼 강만호에 대한 팬들의 믿음과 기대가 크다는 증거였다.

상황이 이러한데, 부상 복귀 후 고작 두 경기에서 부진했다는 이유로 이철승 감독이 강만호를 라인업에서 제외한다면 어떻게 될까?

심원 패롯스 팬들은 인내심이라고는 쥐뿔도 없는 감독이라고 욕하면서 이철승을 비난할 터였다.

'최소… 열 경기?'

직접 만나서 얼굴을 맞대고 이 부분에 대해 대화를 나눈 적이 없었기에 이철승 감독의 정확한 의중까지는 알지 못했다. 그렇지만 대충 짐작할 수는 있었다.

부진을 이유로 강만호를 선발 라인업에서 제외하기 위해서 필요한 것은 명분.

그 명분을 충분히 쌓기 위해서는 앞으로 최소 열 경기 이상 강만호에게 기회를 주는 것이 필요할 것이란 생각이 들었다.

문제는 심원 패롯스의 현재 사정이었다.

심원 패롯스의 현재 순위는 8위.

태식과 용덕수가 합류한 후에 가파르게 상승세를 타며 리그 7위까지 치고 올라갔었지만, 강만호의 부상 복귀 후에 연패에 빠지며 순위가 다시 8위로 한 단계 내려앉았다.

'패배가 더 쌓이면 곤란해!'

태식이 노리는 것은 가을 야구 참가였다.

와일드 카드로라도 가을 야구에 나설 수만 있다면, 심원 패롯스가 우승을 차지할 가능성은 남아 있다고 태식은 판단하고 있었다.

아마 이철승 감독의 노림수도 비슷하리라.

그리고 심원 패롯스가 올 시즌 가을 야구에 진출하기 위해서는 더 이상 패배가 쌓여서는 곤란했다.

"어렵네!"

쉽게 해결이 어려운 문제였다. 그래서 크게 한숨을 내쉰 태식이 침대 위에 드러누워 있는 용덕수를 바라보았다.

"덕수야."

"네."

"힘들지?"

"괜찮습니다."

용덕수는 애써 괜찮은 척하고 있었다. 그렇지만 태식은 지금 용덕수의 심정이 어떨지 짐작하고 있었다.

"조금만 더 기다려라. 곧 다시 기회가……."

"정말… 그럴까요?"

"응?"

"이렇게 계속 기다린다고 해서 다시 제게 기회가 찾아올까요?"

침대맡에 걸터앉으며 용덕수가 질문을 던졌다.

"그래. 분명히 기회가 올 거야."

태식이 힘주어 대답한 순간, 용덕수가 다시 질문했다.

"언제요?"

"응?"

"대체 언제까지 기다리면 될까요?"

이번 질문에는 태식도 선뜻 대답하지 못하고 망설였다.

야구는 인생의 축소판!

일전에도 말했듯이 야구와 인생은 비슷한 측면이 존재했다. 그리고 인생이 그렇듯이 야구도 불확실한 것투성이였다.

정확히 딱 잘라 대답하기 어려운 부분들이 분명히 존재했다.

"그리… 오래 걸리진 않을 거야."

태식이 한참 만에 간신히 대답을 꺼냈지만, 용덕수의 표정은 밝아지지 않았다.

언제까지만 기다리면 된다라는 확실한 기한을 밝히지 않은 애매모호한 대답이었기 때문이다.

"형 말처럼 됐으면 좋겠네요."

용덕수의 어깨는 축 처져 있었다. 그런 용덕수를 가만히 바라보고 있자니, 미안하고 또 안쓰러웠다.

"좀 있다가 밤에 치맥이라도 할까?"

맥주라도 한잔하면서 용덕수와 함께해 주고 싶었다. 그렇지만 용덕수는 고개를 흔들었다.

"오늘은 치맥이 안 당기네요."

평소 치맥이라면 사족을 못 쓰던 용덕수가 거절한 순간, 태식의 고심이 깊어졌다.

'내가 덕수를 위해서 해줄 수 있는 게 뭐가 있을까?'

한참을 고민해 봐도 답을 찾기 어려웠다.

잠시 뒤 태식이 조용히 숙소를 빠져나왔다.

용덕수에게 혼자 생각할 시간을 주기 위함이 첫 번째 이유.

또, 선약이 있었던 것이 두 번째 이유였다.

4. 정공법

효원정.

고풍스러운 기와집 형태인 고급 한정식집으로 태식이 들어섰다.

초록색 잔디가 깔려 있는 관리가 잘된 너른 정원과 고풍스러운 인테리어가 태식의 시선을 잡아끌었다.

'비싸겠군!'

개량 한복을 입고 있는 종업원들이 정중하게 인사하는 모습을 확인한 태식이 희미한 웃음을 머금었다.

이런 고급 한정식집을 찾은 것은 태식도 오래간만이었다.

"그때가… 마지막이었나?"

태식이 얼마 지나지 않아 예전 기억을 떠올리는 데 성공했다.

거액의 계약금을 받고 프로 팀인 대승 원더스 입단이 확정됐던 날, 태식은 큰맘 먹고 부모님과 함께 고급 한정식집을 찾아왔었다.

"아들, 여기 너무 비싸 보이는데."

"마, 괜찮다. 태식이 이제 성공할 건데 이 정도는 괜찮다."

"그래도……."

"괜찮다니까. 태식아, 맞제?"

고급 한정식집 안으로 선뜻 들어가지 못하고 망설이던 부모님이 나누시던 대화를 태식은 또렷이 기억하고 있었다.

"네, 괜찮습니다. 어서 들어가세요."

그때, 태식이 했던 대답이었다.

당시에는 모든 것이 좋았다.

앞으로 장밋빛 인생이 펼쳐질 거라는 희망과 기대로 가득 차 있었으니까.

그리고 그날, 태식은 다짐했었다.

앞으로 두 분을 모시고 좋은 곳을 자주 찾아다니겠다고.

그렇지만 태식은 결국 그 다짐을 지키지 못했다.

"김태식으로 예약했습니다."

태식이 카운터로 다가가 말하자, 종업원이 룸으로 안내했다.

문을 열고 방 안으로 들어서자, 먼저 도착해 있던 지수가 자리에서 일어나면서 반갑게 맞아주었다.

"오셨어요?"

"늦어서 죄송합니다."

"아니에요. 제가 일찍 온 건데요. 어서 앉으세요."

태식이 지수의 맞은편 자리에 앉았다.

정원 못지않게 방 안의 인테리어도 고급스러웠다.

방 안을 두리번거리며 살피던 태식이 입을 뗐다.

"너무 과한 느낌이네요."

"네?"

"고작 돼지갈비를 샀던 대가로 밥을 얻어먹기에는 여기가 너무 비싼 곳 같아서 드린 말씀입니다."

"그런 말씀 마세요. 그날 먹었던 돼지갈비, 진짜 맛있었거든요. 그동안 살면서 먹었던 고기 중에서… 가장 맛있었어요."

환하게 웃으며 말하는 지수에게 태식이 의아한 시선을 던졌다.

당시에 지수가 먹었던 것은 평범한 돼지갈비일 뿐이었다.

방송국의 음식 소개 프로그램에 맛집으로 소개되거나, 손님들 사이에서 맛있다고 입소문이 퍼졌던 유명한 음식점이 아니었다. 그래서 지수가 방금 내린 평가가 너무 과하다는 느낌이 들었을 때였다.

"무엇을 먹는가보다… 누구와 함께 먹는가가 더 중요할 때도 있다고 생각해요."

"……?"

"그날 제가 먹었던 건 평범한 고기가 아니라… 추억이었어요."

'추억이었다고?'

무슨 뜻일까.

지수가 방금 꺼낸 말을 제대로 알아듣기 어려웠다. 그렇지만 지수는 더 자세하게 설명하지 않았다.

"메뉴는 제가 정했어요. 괜찮죠?"

"네, 괜찮습니다."

태식도 더 묻지 않고 입을 다물었다.

사실 따지고 보면 이상한 것들투성이였다.

그 시작은 시구를 하기 위해서 심원 패롯스의 홈구장을 찾아왔던 지수가 팀의 주장인 김대희가 아닌 태식에게 원 포인트 코칭을 부탁한 것이었다. 그리고 이상한 부분들은 거기서 끝이 아니었다.

먼저 연락처를 물었던 것도, 또 스케줄이 많음에도 억지로 시간을 내서 함께 돼지갈비를 먹은 것도, 그리고 이곳에서 지금 둘이서 만나고 있는 것까지도.

엄밀히 따지면 모두 이상한 일들이었다.

'다 이유가 있겠지!'

이 모든 일들이 벌어진 것에는 어떤 이유가 있다고 태식은 판단하고 있었다. 그리고 그 이유는 적당한 때가 되면 지수가 스스로 밝힐 것이라 생각했다.

또, 태식의 예상이 틀리지 않다면, 지수가 그 이유를 밝히는 것이 오늘 이 자리일 가능성이 높았다.

'서두르지 말자!'

무엇이든 서두른다고 해서 능사는 아니었다. 해서 태식은 우선 이곳의 음식을 즐기는 데 집중하기로 했다.

인공 조미료를 일절 가미하지 않은 정갈한 음식들은 태식의 입맛에 딱 맞았다. 그리고 작은 화로에 바로 구워서 먹는 마블링이 눈처럼 피어 있는 최상급 한우는 입에서 사르르 녹는 느낌이었다.

'맛있네!'

음식 맛에 감탄하면서 쉬지 않고 음식을 집어 먹던 태식이 문득 고개를 들어 지수를 바라보았다. 그녀의 젓가락질이 멈추었다는 사실을 뒤늦게 깨달았기 때문이다.

"왜 안 드세요?"

"많이 먹었어요."

"별로 안 드신 것 같은데."

"더 먹을 거예요. 그냥 조금 천천히 먹고 싶어서요."

"……?"

"이 시간, 제겐 무척 소중하거든요."

"왜… 소중하다는 거죠?"

젓가락질을 멈춘 태식이 질문을 던지자, 지수가 대답했다.

"추억을 음미하고 있으니까요."

지수는 두 번째로 추억이란 단어를 입에 올렸다. 호기심이 치민 태식이 결국 그녀에게 질문을 던졌다.

"어떤 추억을 음미한다는 겁니까?"

"아버지와의 추억이요."

'아버지?'

태식이 의아한 시선을 던질 때, 지수가 덧붙였다.

"만약 아버지가 살아 계셨다면… 그래서 오늘 이 자리에 함께하셨다면… 참 좋아하셨을 거예요."

'야구는 잠시 잊자!'

지수와의 약속 자리에 나오기 전, 태식이 한 다짐이었다.

야구에 대한 골치 아픈 생각은 잠시 접어두고, 지수와의 만남과 대화에 집중하겠다고 결심했었는데.

그게 마음처럼 되지 않았다.

태식의 머릿속에는 어느새 야구가 들어차 있었다.

"무슨 고민 있으세요?"

지수는 눈치가 빠른 편이었다.

후식으로 나온 매실차를 마시는 태식의 낯빛이 어두운 것을 확인하고 조심스럽게 질문을 던졌다.

"네, 고민이 좀 있어요."

태식이 솔직하게 대답했다.

지금 자신이 안고 있는 고민을 털어놓고, 그녀에게서 어떤 해답을 구하기 위해서가 아니었다.

태식이 미리 예상했던 대로 지수는 오늘의 만남 자리에서 솔직하게 자신의 속에 있는 이야기를 털어놓았었다. 그래서 태식도 감추려 들지 않고 솔직히 대답한 것이었다.

"어떤 고민인지 들려주실 수 있나요?"

"재미없는 이야기일 텐데."

"야구 이야기죠?"

"어떻게 아셨어요?"

"항상 야구가 최우선이라는 게 느껴졌거든요."

"그랬… 나요?"

속내를 들킨 태식이 머리를 긁적이고 있을 때, 지수가 생긋 웃으며 덧붙였다.

"저, 보기보다 인기 많거든요."

"네?"

"저랑 같이 있는 자리에서 저한테 집중하지 않고 다른 생각에 빠져 있는 사람은 태식 씨가 처음이에요."

농담처럼 건넨 말.

그렇지만 아주 없는 말은 아닐 거란 생각이 들었다.

지수는 모든 사람의 주목을 받기에 충분할 정도로 아름다웠고, 용덕수의 말대로라면 인기도 무척 많은 연예인이었으니까.

"듣고 싶어요. 저도 이젠 야구 좋아하거든요."

"그럼 말씀드릴게요."

태식이 쓰게 웃으며 입을 열기 시작했다. 그리고 태식의 이야기를 모두 들은 지수는 골몰히 생각에 잠겼다가 입을 뗐다.

"덕수 씨가 고민이 많으시겠네요."

"네, 좀 우울해하고 있습니다. 아무래도 제가 잘못 생각한 것 같습니다."

"뭘요?"

"오늘 자리, 덕수도 같이 데리고 올 걸 그랬습니다. 그랬다면 우울한 기분이 조금은 나아졌을 텐데."

"그건 안 돼요."

태식의 말이 끝나기 무섭게, 지수가 정색한 채 대답했다.

"왜요? 음식값이 너무 나올 것 같아서요?"

"에이, 고작 그런 이유는 아니에요. 태식 씨는 잘 모르시겠지만, 저 돈 많이 벌어요. 음식값 정도는 부담 없을 정도랍니다."

"그럼 왜?"

"그게… 오늘은 둘이서만 있고 싶었거든요."

"…….?"

"추억을 음미하는 걸 다른 사람에게 방해받고 싶지 않아서요."

"네."

태식이 희미하게 고개를 끄덕였다.

이미 지수가 꺼냈던 이야기들을 모두 들은 상황이었다. 그래서 그녀가 이런 바람을 갖는 것이 이해가 됐다.

"그리고 꼭 그 이유가 다가 아니에요."

"그럼 또 무슨 이유가 있습니까?"

"근본적인 해결책이 아니니까요."

지수의 대답을 들은 태식이 또 한 번 고개를 끄덕였다.

용덕수는 도레미 퍼블릭의 리더인 지수의 팬이었다. 그냥 팬이 아니라, 영혼까지 팔 수 있다고 호언장담했을 정도로 대단한 팬이었다.

그런 만큼 지수를 만나는 오늘 이 자리에 동석했다면 분명히 기뻐했으리라.

그렇지만 이곳에서 지수와 만난다고 해서 용덕수가 안고 있는 근본적인 문제들이 해결되는 것은 아니었다. 그래서 태식이 답답한 표정을 짓고 있을 때였다.

"저도 비슷한 고민을 했던 적이 있어요."

"지수 씨가요?"

"네. 연습생 시절에요."

예전 기억을 더듬는 지수의 입가에는 희미한 웃음이 떠올라 있었다.

"자세하게 말해주세요."

"별로 재미있는 이야기는 아닐 텐데요."

"그래도 듣고 싶네요."

태식이 재촉하고 나서야, 지수가 다시 입을 열기 시작했다.

"노래 실력도, 춤 실력도 아직은 부족하다. 기성 가수들의 흉내는 비슷하게 내고 있는데 진짜 네 것은 전혀 보이지 않는다. 네 것을 찾아서 춤과 노래 안에 담지 못하면, 너는 끝내 가수로 데뷔하지 못할 것이다. 이게 연습생 시절 소속사 대표님이 저에 대해 내리신 평가셨어요. 솔직히 말하면 그때는 많이 막막했어요."

"막막했다?"

"대표님이 말씀하셨던 내 것을 찾아서 춤과 노래 속에 담아내란 말씀. 너무 추상적이었거든요."

태식이 작게 고개를 끄덕였다.

지금 이야기를 꺼내고 있는 지수의 입가에는 희미한 미소가 떠올라 있었다. 그렇지만 이렇게 웃을 수 있는 이유는 그후로 시간이 많이 흐른 덕분이었다.

당시 연습생이었던 지수는 그 추상적이고 모호한 말 속에 담긴 의미를 알아내기 위해서 고민에 고민을 거듭했으리라.

또, 무척 힘들었으리라.

어쩌면 지금의 용덕수보다도 더.

"당시에 제가 할 수 있는 것은 더 열심히 연습하면서 노력하는 것뿐이라고 생각했어요. 그래서 이를 악물고 더 연습에 매진했고, 덕분에 제가 가진 것을 노래와 춤 안에 담아낼 수 있는 방법을 찾아냈다고 자부할 수 있었어요. 그렇게 간신히 자신감이 생겼지만, 대표님은 그런 저를 봐주지 않으셨어요. 이미 제게서 관심이 멀어지셨던 거죠. 문제는 시간이었어요. 정식 데뷔는 자꾸 늦춰지고, 연습생으로 지낸 시간이 길어지면서 나이는 점점 먹어갔거든요. 이러다가 영원히 데뷔도 못하고 끝나는 게 아닐까 하는 걱정이 들었을 때는 많이 두렵고심란했어요."

"그때, 어떻게 극복했어요?"

"넌 절대 안 된다. 결국 너는 데뷔하지 못할 거다. 당시에 저를 보며 이렇게 단언했던 사람들이 틀렸다는 것을 보여주기 위해서 이를 악물고 더 열심히 연습했어요. 당시에는 그게 최선이라고 생각했거든요."

정공법(正攻法).

당시의 지수가 선택한 방법이다. 그리고 힘들고 시간이 걸리긴 하지만, 최선의 방법이기도 했다.

덕분에 지수는 도레미 퍼블릭의 리더로 정식 데뷔를 했고, 현재 최고의 인기를 구가하는 연예인 중 한 명이 된 것이었다.

태식도 정공법이 옳다는 것을 알고 있었다. 그렇지만 문제는 아까 지수가 말했던 대로 시간이었다.

'강만호의 부진이 이대로 계속 더 길어진다면?'

심원 패롯스의 성적은 곤두박질칠 터였다. 또 용덕수의 조급함도 더해질 터였다.

그 전에 어떤 해결책을 찾아내야 했다.

그런 태식의 내심을 읽은 걸까.

지수가 매실차를 한 모금 마신 후 다시 입을 열었다.

"그렇지만 마냥 열심히만 했던 건 아니었어요."

"……?"

"편법을 좀 썼어요."

5. 바넘 효과

"편법… 이요?"

"네. 우튜브를 이용했죠."

우튜브는 세계 최대의 동영상 사이트.

사용자가 동영상 콘텐츠를 업로드하면 그 콘텐츠를 또 다른 사용자들이 시청하며 공유할 수 있도록 만들어진 프로그램이었다.

"당시에 우튜브에 올린 동영상, 예를 들면 기타를 연주하는 동영상이라던가, 노래를 부르는 동영상들을 올리면 뛰어난 실력 때문에 이용자들 사이에서 화제가 되는 경우가 종종 있었어요. 그리고 이용자들 사이에서 화제가 된 덕분에 기획사에 픽업이 돼서 연예인이 되기도 했고요."

태식도 예전에 우튜브 이용자들 사이에서 관심을 끌며 크게 화제가 됐던 동영상들을 가끔씩 찾아봤던 적이 있었다. 그래서 방금 지수가 말한 케이스들이 간혹 존재한다는 것을 알고 있었다.

"저도 우튜브에 노래를 하고 춤을 추는 동영상을 올렸었어요."

"지수 씨도요?"

"네. 그때는 필사적이었거든요."

"그래서 어떻게 됐어요?"

"운이 좋아서 우튜브 이용자들 사이에서 화제가 됐어요. 덕분에 원래 소속사가 아닌 다른 소속사에서 연락이 와서 가수로서 정식 데뷔를 할 수 있었어요."

지수의 설명을 가만히 듣고 있던 태식이 고개를 흔들었다.

"운이 좋았던 게 아니었어요."

"네?"

"지수 씨의 실력이 있었기 때문에 화제가 됐을 겁니다."

태식이 힘주어 말했다.

지수가 우튜브에 올렸던 동영상이 화제가 될 수 있었던 것은 오랜 연습생 생활을 거치면서 피나는 노력을 거쳤던 지수의 실력이 뒷받침이 되었기 때문일 터였다.

앳돼 보이는 외모와 달리 당차던 지수의 모습을 보면서 태식은 그녀가 했던 노력을 미루어 짐작할 수 있었다.

태식이 다시 매실차를 들어 올렸다.

지수가 꺼낸 말을 모두 듣고 난 후, 태식이 신중하게 고민에 잠겼다.

지금 고민하고 있는 부분을 해결할 수 있는 방법에 대한 힌트를 얻었다는 느낌을 순간 받았기 때문이다.

'뭘까?'

잠시 뒤 태식이 두 눈을 빛냈다.

이 난국을 타개할 수 있는 방법을 떠올리는 데 마침내 성공했기 때문이다.

'선택과 집중!'

"고마워요."

태식이 말했다.

"갑자기 왜⋯⋯?"

"지수 씨가 해준 이야기 덕분에 지금 제가 하고 있던 고민을 해결할 수 있는 실마리를 찾은 것 같아서요."

태식이 대답하자, 지수가 환하게 웃었다.

"도움이 됐다니 다행이네요."

"네, 큰 도움이 됐습니다."

태식이 힘주어 말한 순간, 지수가 불쑥 물었다.

"진심이시죠?"

"네?"

"방금 제가 했던 이야기가 태식 씨의 고민을 해결하는 데 도움이 됐다고 하셨잖아요? 진심으로 제게 고마우신 거죠?"

"네, 고맙게 생각하고 있습니다."

"그럼… 제 부탁 하나 들어주실래요?"

'부탁?'

지수가 어떤 부탁을 꺼낼지 전혀 감이 잡히지 않았다. 그래서 살짝 당황했지만, 태식은 이내 고개를 끄덕여 승낙했다.

지수에게 도움을 받은 것이 사실이었고, 그녀가 너무 무리한 부탁이나 요구는 하지 않을 거라는 확신을 갖고 있었기 때문이다.

"말씀하세요."

"그게……."

태식이 승낙했지만, 지수는 선뜻 말을 꺼내지 못했다.

"너무 어려워 말고 말해봐요."

태식이 재촉하고 나서야 그녀가 어렵사리 부탁을 꺼냈다.

"다음에 만날 때는… 저를 다르게 불러주세요."

*   *   *

"골치 아프군!"

이철승이 갈색 위스키가 담긴 술잔을 들었다.

도수가 40도에 육박하는 위스키는 지독히 썼다. 그렇지만 이철승은 단숨에 위스키가 가득 담겨 있던 술잔을 비워냈다.

경기에 패하고 나서 기분이 좋은 감독은 세상에 없는 법이다.

불면의 밤을 보내는 것은 당연지사.

아프고 쓰라린 기억을 잠시라도 잊기 위할 방법을 찾다 보니, 자꾸만 술에 의존하는 것이었다.

"빛 좋은 개살구일 뿐이지."

프로야구 감독.

혹자는 말했다.

대한민국에서 단 열 명에게만 허락되는 영광스러운 직업이라고.

그렇지만 이철승이 생각하는 프로야구 감독이란 직업은, 극한 직업 가운데 하나였다.

특히 자신이 이끄는 팀이 연패에 빠지거나 성적이 부진한 경우, 스트레스가 더욱 극심해지는 편이었다.

"제명에 못 살겠군."

거액의 연봉과 명예.

프로야구 감독에게 주어지는 특권이었다. 그렇지만 그 대가

로 수명이 단축된다는 생각이 들어서 이철승이 씁쓸히 웃고
있을 때였다.

똑똑.

노크 소리가 들려왔다.

이미 자정에 가까워져 있는 시간을 확인한 이철승 감독이
의아한 표정으로 일어나서 문을 열었다.

"어, 자네가 이 시간에 웬일이야?"

야심한 시각에 자신을 찾아온 것은 김태식이었다.

전혀 예기치 못했던 방문.

해서 이철승이 당혹스러운 기색을 떠올렸을 때, 김태식이
입을 뗐다.

"너무 늦은 시간에 찾아와서 죄송합니다. 지금 꼭 드리고
싶은 이야기가 있어서 이렇게 찾아왔습니다."

"일단 들어와."

김태식에게 안으로 들어오라고 권한 이철승이 다시 탁자 앞
에 앉았다.

"뭐가 그리 급해서 이렇게 늦은 시간에 찾아온 건가?"

살짝 핀잔을 섞어서 질문을 던지면서도, 이철승의 굳은 표
정은 펴지지 않았다.

이렇게 야심한 시간에 김태식이 감독인 자신을 찾아왔다는
것부터 불안했다.

'어쩌면… 그게 아닐까?'

이철승이 가장 우려하는 것.

바로 팀원들 간의 불화였다.

"감독님, 서운합니다. 저와 만호를 못 믿으시는 겁니까? 슬럼프와 부상 때문에 저희가 부진한 것은 인정하지만, 곧 예전 기량을 회복할 테니 조금 더 시간과 기회를 주십시오. 그리고… 만약 감독님께서 앞으로도 마이웨이 식으로 팀 운영을 계속하신다면, 저를 비롯한 선수들도 가만히 있지 않을 겁니다."

트레이드를 통해 김태식과 용덕수가 새로이 팀에 합류한다는 소식을 접한 직후, 팀의 주장인 김대희가 찾아와서 던졌던 말이 다시 귓가에 되살아났다.

당시 김대희의 어조는 무척 강경했다. 그리고 그 후로 꽤 시간이 흘렀지만, 여전히 문제는 해결되지 않은 상태였다.

치료하지 않고 그냥 내버려 둔 상처가 저절로 아무는 경우는 드문 법.

제때 치료하지 않고 내버려 두면, 상처는 곪는 법이었다.

'어쩌면 그 상처가 곪아서 터진 것이 아닐까?'

선뜻 대답하지 못하고 있는 김태식을 살피던 이철승이 더 참지 못하고 다시 질문을 던졌다.

"혹시… 팀원들 사이의 불화 때문에 날 찾아온 건가?"

"그건 아닙니다."

"확실해?"

"네."

김태식의 대답을 들은 이철승이 일단 안도했다.

가뜩이나 여러 가지 문제들로 골치가 아픈 상황.

혹시 또 다른 문제가 터진 것이 아닐까 우려했었는데.

그 우려가 기우에 불과했다는 것을 알고 나자, 절로 안도의 한숨이 흘러나왔다.

그러나 이철승은 이내 다시 고개를 갸웃했다.

그 문제가 아니라면 대체 무슨 이유 때문에 이 야심한 시각에 김태식이 자신을 찾아왔는지 감이 잡히지 않았기 때문이다.

"그럼 다시 원점이로군. 이렇게 늦은 시간에 날 찾아온 진짜 이유가 뭔지 말해보게."

"마음이 급해서입니다."

김태식의 대답을 들은 이철승이 실소를 흘렸다.

"마음이 급하다?"

"네."

"그건 나와 똑같군."

"어느 정도 짐작하고 있었습니다."

"응?"

"감독님의 마음이 급하시다는 것. 저도 짐작하고 있었다는 뜻입니다. 그래서 이렇게 늦은 시간에 실례를 무릅쓰고 찾아 왔습니다."

이철승이 김태식을 빤히 바라보며 입을 뗐다.

"꼭 내가 무슨 고민을 하고 있는지 알고 있다는 표정이군."

"네, 알고 있습니다."

"호오, 그래? 그럼 한번 맞춰보게."

"우리 팀이 연패에 빠졌기 때문에 고민을 하고 계시지 않으 십니까?"

이철승이 위스키가 절반쯤 남은 술잔을 입으로 가져가려다 가 흠칫하며 다시 술잔을 내려놓았다.

김태식의 목소리는 자신만만했다. 그리고 김태식의 대답은 정확했다.

'꼭 내 속을 읽히는 느낌이란 말이야!'

이번이 처음이 아니었다.

지난번에도 김태식과 대화를 나누던 도중에 이번과 비슷한 느낌을 받은 적이 존재했다. 그래서 김태식에게 새삼스러운 시선을 던지던 이철승이 이내 고개를 가로저었다. 그리고 지 금 상황에 딱 어울리는 단어를 떠올렸다.

'바넘 효과겠지!'

바넘 효과(Barnum effect).

바넘 효과는 보편적으로 적용되는 성격 특성을 자신의 성격과 일치한다고 믿으려는 현상 및 경향을 일컫는 용어였다.

이러한 바넘 효과는 어떠한 사전 정보 없이 상대방의 성격이나 심리를 읽을 수 있다고 믿게 만드는 콜드 리딩(Cold reading)이란 기술과도 연관을 지을 수 있다.

실제로 점쟁이들은 바넘 효과와 콜드 리딩 수법을 통해서 고객의 귀를 솔깃하게 만든다고 알려져 있었다.

예를 들면, 점집을 찾아온 고객들에게 보편적인 사람들이 갖고 있을 만한 질문을 던져낸 후, 그 답을 유추해서 맞히는 방식이었다.

점집을 찾아오는 사람들 가운데 열에 아홉은 어떤 고민을 안고 있었다. 점쟁이는 그들이 안고 있는 문제들의 경향을 대분류한 후, 가장 보편적으로 적용될 수 있는 질문을 던져서 그들의 마음으로 파고든다.

보편적이라고 할 수 있는 적당한 질문과 대답!

이 두 가지를 통해서 그들이 하고 있는 고민을 점쟁이가 이미 알고 있다는 식으로 믿게 만드는 것이었다.

지금 김태식도 마찬가지였다.

자정에 가까운 늦은 시간임에도 혼자 술잔을 기울이는 것을 통해서 자신이 어떤 고민을 갖고 있다는 것을 충분히 유추할 수 있는 상황.

방금 김태식은 프로야구 감독이라면 누구나 갖고 있을 보편적인 고민 중 하나를 슬쩍 던진 것뿐이었다.

해서 이철승이 코웃음을 쳤을 때였다.

"물론 이게 다가 아닐 겁니다."

"……?"

"지금 감독님이 하고 계신 더 큰 고민은 앞으로도 한동안 연패에서 벗어나기 쉽지 않다는 것 때문이 아니십니까?"

이철승이 재차 새삼스러운 시선을 던지며 마른 입술을 축였다.

아까와는 또 달랐다.

단지 바넘 효과라고 여기고 가볍게 치부해 버리기에는 방금 김태식의 지적이 너무 정확했다.

"좀 더 범위를 좁힐 수도 있습니다."

"……?"

"만호 때문이죠."

"자네가 그걸 어떻게……."

"제가 어떻게 알았는지 궁금하십니까?"

"그래. 어떻게 알았나?"

"저도 심원 패롯스에 속한 선수이니까요."

"하지만……."

"그리고 우리 팀이 현재 처해 있는 상황에 대해 걱정하고 있으니까요."

한번 말문을 열기 시작한 이후, 김태식은 더 이상 망설이지 않았다.

거침없이 쏟아져 나오는 김태식의 이야기를 듣고 있던 이철 승이 두 눈을 가늘게 좁혔다.

마치 김태식에게 속마음을 완전히 들켜 버린 느낌이었다. 그렇지만 그로 인해 기분이 상하지는 않았다.

오히려 기분이 좋았다.

어떻게 표현하면 될까?

꼭 침몰 직전의 난파선에서 빠져나가기 위해 애쓰는 대신, 어떻게든 침몰을 막으려는 동지를 만난 느낌이었다.

'코치들보다… 훨씬 낫군!'

문득 그런 생각이 들어서 이철승이 쓴웃음을 머금었다.

트레이드를 통해 심원 패롯스로 합류한 후, 김태식은 이철 승이 기대했던 것 이상으로 좋은 활약을 펼쳤다. 그런데 김태 식은 선수로서만 활약하는 것이 아니었다. 코치 역할도 겸하 고 있었다.

어쨌든.

김태식이 야심한 시각에 자신을 찾아와서 이런 이야기를 꺼내는 것에는 어떤 이유가 있을 터였다. 그래서 김태식을 빤 히 바라보던 이철승이 물었다.

"자네 혹시……."

"말씀하시죠."

"그러니까… 혹시 우리 팀의 문제를 해결할 방법을 찾아냈나?"

"그렇습니다."

김태식의 대답을 들은 순간, 이철승이 흠칫했다.

큰 기대 없이 던졌던 질문.

그런데 김태식은 확신에 찬 목소리로 해결 방법을 찾았다고 대답했다.

지금 팀이 안고 있는 문제를 해결할 방법을 찾지 못해서 불면의 밤을 보내고 있는 이철승인 만큼, 귀가 번쩍 뜨이는 느낌이었다.

"어떤 방법이지?"

"제가 찾아낸 방법은… 선택과 집중입니다."

"선택과 집중?"

단번에 이해하기 어려웠다. 그래서 이철승이 의아한 시선을 던지고 있을 때, 김태식이 진중한 표정으로 덧붙였다.

"앞으로 세 경기. 버리실 수 있으시겠습니까?"

6. 고육지책

심원 패롯스 VS 청우 로얄스.

올스타 브레이크 전, 양 팀의 마지막 3연전이었다.

현재 심원 패롯스의 순위는 리그 8위, 청우 로얄스는 리그 7위를 달리고 있었다.

하위권으로 처져 있는 양 팀의 맞대결인 만큼 야구팬들의 큰 주목을 끌지는 못했다. 그렇지만 두 팀의 입장에서는 중요한 일전이었다.

심원 패롯스는 청우 로얄스를 상대로 연패를 끊어내며 전반기를 마감하기 전에 7위 내지 혹은 그 이상으로 치고 올라

갈 수 있는 기회였다.

반면 청우 로얄스도 심원 패롯스를 제물로 삼아 가을 야구 가시권이라 할 수 있는 5위 진입을 노리고 있었다.

그래서일까.

두 감독들은 양 팀이 현재 내세울 수 있는 최고의 라인업을 내세워 격돌했다.

톰 하디 VS 마이클 모어.

올스타 브레이크를 염두에 두었기 때문일까.

양 팀은 3연전 첫 경기부터 팀의 에이스들을 차례로 내세웠다.

"투수전이 되겠군!"

더그아웃에 앉은 태식이 신중한 눈빛으로 그라운드를 바라보고 있을 때, 용덕수가 곁으로 다가왔다.

"형도… 결장이네요."

"그래."

용덕수의 말처럼 태식도 오늘 경기 선발 라인업에서 제외됐다. 태식을 대신해서 김대희가 3루수로 선발 출장했기 때문이다.

강만호와 김대희.

용덕수와 태식의 잠재적 포지션 경쟁자들이었다.

강만호가 부상에서 복귀하면서 자신에 이어 태식까지 주전 경쟁에서 완전히 밀렸다고 판단해서일까.

용덕수의 낯빛은 무척 어두웠다.

"김대희 파이팅!"

"만호야. 이제 뭐 좀 보여주라."

"몸 풀렸지? 실력 좀 제대로 발휘해 봐!"

"자, 이제부터 진짜 시작이다!"

"둘 다 돌아왔으니 이제 우승 함 해보자!"

게다가 강만호와 김대희가 함께 경기에 나서는 것을 확인한 심원 패롯스 홈 팬들의 기대에 찬 응원도 용덕수를 더욱 우울하게 만든 듯 보였다.

"덕수야."

"네."

"너무 조급해할 필요 없어. 이건 기회가 될 테니까."

태식이 잘라 말하자, 용덕수가 의아한 시선을 던졌다.

"기회가… 될 거라고요?"

"그래."

"하지만……."

"지금은 내가 하는 말이 이해가 안 간다는 거, 알아. 그렇지만 좀 더 두고 보면 내가 방금 한 말이 무슨 뜻인지 알게 될 거야."

태식이 힘주어 덧붙였다.

용덕수는 여전히 말뜻을 제대로 이해하지 못한 기색이었다. 그렇지만 태식은 굳이 부연 설명을 덧붙이지 않았다.

대신 팔짱을 낀 채 감독석에 앉아 있는 이철승 감독에게로 시선을 던졌다.

그 시선을 느낀 걸까.

마침 고개를 돌렸던 이철승 감독과 태식의 시선이 부딪혔다.

"이 방법이 과연 효과가 있을까?"

이철승 감독의 두 눈에는 불안한 기색이 어려 있었다. 그 불안한 눈빛을 통해 그는 이렇게 질문을 던지는 것처럼 느껴졌다.

"분명히 효과가 있을 겁니다."

작게 혼잣말을 꺼내며 태식이 고개를 끄덕였다.

이미 돌아가기에는 너무 멀리 왔다고 판단해서일까.

긴 한숨을 내쉰 이철승 감독이 다시 그라운드로 시선을 던지는 것을 확인한 태식이 용덕수에게 말했다.

"덕수야. 그냥 휴가라고 생각해."

"휴가요?"

"그래. 그동안 우리도 쉬지 않고 달려왔잖아. 올스타 브레이크 기간까지 긴 휴가라고 생각하면서 이번 기회에 체력이나 보충하자고."

태식이 충고했지만, 용덕수의 낯빛이 더욱 어두워졌다.

"그 말씀은… 3연전 내내 경기에 출전하지 못한다는 뜻이로 군요."

눈치 빠른 용덕수가 꺼낸 말을 들은 태식이 쓰게 웃으며 대 답했다.

"맞아."

"그럼 아무 의미가 없는 것 아닙니까?"

"의미가 없다니?"

"휴가 기간 동안 체력 보충을 한들 무슨 소용이 있습니까? 앞으로도 계속 경기에 나서지 못할 텐데."

용덕수가 항의하듯 살짝 언성을 높인 순간, 태식이 고개를 흔들었다.

"틀렸어."

"네?"

"잘못 생각하고 있다고."

"……?"

"이 휴가가 끝나고 나면 우린 무척 바빠질 거야."

이해하기 어렵다는 표정을 짓고 있는 용덕수에게 태식이 덧 붙였다.

"내 계산이 틀리지 않는다면… 분명히 그렇게 될 거야."

이철승이 생수병을 입으로 가져갔다.

초조해서일까.

자꾸 목이 탔다.

최소 10경기.

부상에서 복귀한 강만호에게 주어져야 할 기회였다.

주전 포수로 나서는 강만호가 아무리 부진하더라도 최소 열 경기 이상의 기회는 줘야 한다고 이철승은 판단했다.

그게 팀 내 프랜차이즈 스타 중 한 명인 강만호에 대한 최소한의 예우였다.

만약 그 정도의 기회조차 주지 않고 강만호를 라인업에서 제외해 버린다면?

팬들의 거센 비난 여론에 직면할 터였다. 또, 심원 패롯스의 선수들 역시 자신의 선수 기용 방식에 대해서 불만을 드러낼 가능성이 높았다.

엄밀히 말하면 심원 패롯스의 불안 요소는 강만호만이 아니었다.

김대희도 팀의 불안 요소인 것은 마찬가지였다.

트레이드를 통해 이적한 후 김태식의 활약이 뛰어난 것은 부인할 수 없는 사실이었지만, 언제까지나 김대희를 벤치에 묵혀둘 수는 없었다.

고액 연봉을 받고 있고, 티켓 파워를 갖추고 있는 선수를 기용하지 않는 것은 팀 입장에서도 큰 손실이었기 때문이다.

"어려워!"

선수 기용에 대한 전권을 갖고 있는 감독의 입장이라고 해도, 고민되는 지점이 아닐 수 없었다.

"프런트가… 반기를 들 수도 있어!"

만약 앞으로도 팀의 프랜차이즈 스타이자 고액 연봉을 받고 있는 김대희를 계속 경기에 내보내지 않는다면?

프런트 측에서 먼저 나서서 이철승의 선수 기용 방식에 대해서 불만을 표할 가능성이 충분했다. 그리고 그때는 가뜩이나 어려운 상황에 처해 있는 심원 패롯스는 더 큰 어려움에 처할 가능성이 높았다.

사공이 많으면 배는 산으로 가는 법이었으니까.

'골치 아프군!'

결국 문제는 시간이었다.

부진할 것을 감안한 채로 김대희와 강만호를 계속 투입하면, 심원 패롯스의 성적이 곤두박질칠 터였다.

가뜩이나 팀이 하위권으로 처져 있는 상황.

두 선수를 울며 겨자 먹는 심정으로 경기에 내보내면서 최소 열 경기 이상의 패배를 감수한다면, 심원 패롯스는 반등할 기회를 완전히 놓치게 될 것이다. 그리고 그때는 심원 패롯스의 가을 야구 진출은 물 건너갈 것이 자명했고.

이러지도 저러지도 못하는 상황.

그로 인해 이철승의 고민이 깊어졌을 때, 김태식이 야심한 시각에 예고도 없이 자신을 찾아왔었다.

"앞으로 세 경기. 버리실 수 있으시겠습니까?"

그날, 김태식이 불쑥 꺼냈던 질문이었다.

처음 그 질문을 받았을 당시에는 황당했다.

팀을 이끌고 있는 감독의 입장에서는 매 경기가 모두 중요하고 소중했다. 그런데 불쑥 세 경기를 버릴 수 있겠냐는 질문을 받았으니, 어찌 황당하지 않을까.

그러나 김태식이 그런 질문을 던졌던 것에는 이유가 있었다.

"최소 열 경기 이상을 버리는 것보다는… 세 경기만 버리는 것이 이득이라고 생각하지 않으십니까?"

이건 당연한 소리였다.

최소 열 경기 이상 패할 것을 세 경기만 패하는 것으로 막아낼 수 있다면?

당연히 후자를 선택해야 했다. 그리고 김태식이 최소 열 경기 이상이 아닌 고작 세 경기만 버릴 수 있는 방법으로 이철 승에게 제시한 것은…….

"청우 로얄스와의 3연전에 제가 아닌 대희를 출전시키십시오."

청우 로얄스와의 3연전에 자신이 아닌 김대희를 선발 출전 시키라는 것이었다. 그리고 김태식이 제시했던 방법을 들은 순간, 이철승이 눈살을 찌푸렸다.

아까도 밝혔듯이 부상에서 복귀한 강만호는 팀의 불안 요소였다. 그런데 또 다른 팀의 불안 요소라고 할 수 있는 김대희까지 경기에 함께 출전시키라니.

이건 흡사 섶을 진 채로 불구덩이로 뛰어들어 가는 격이나 마찬가지였다.

해서 곤란한 표정을 짓고 있던 이철승의 눈에 희미한 웃음 을 머금고 있는 김태식의 모습이 들어왔다.

그 의미심장한 웃음을 확인한 순간, 이철승은 조금 전에 김 태식이 했던 말에 담긴 진짜 의미를 깨달을 수 있었다.

*   *   *

"선택과 집중이라."

김태식이 꺼냈던 선택과 집중이란 말에는 다른 의미가 숨어 있었다.

'버릴 경기는 확실히 버리라는 뜻이었어!'

강만호와 김대희.

김태식 역시 부상의 여파 때문에 부진에 빠져 있는 두 선수가 심원 패롯스의 불안 요소라는 점을 잘 알고 있었다. 또, 비록 부진하고 팀의 불안 요소라고 해도 울며 겨자 먹는 심정으로 두 선수를 경기에 내보내야만 하는 감독의 입장도 이해하고 있었다.

그래서 김태식이 고심 끝에 찾아낸 답은 강만호와 김대희를 동시에 선발 출전시키는 것이었다.

'버리는 경기를 최소한으로 줄이기 위한 고육지책(苦肉之策)!'

최소 10경기 이상!

강만호와 김대희를 경기에 계속 투입했을 때, 늘어날 패배의 개수였다. 어쩌면 그 이상일 수도 있었고.

김태식은 늘어날 패배의 개수를 열 경기 이상에서 단 세 경기로 줄이기 위해서 이런 방법을 찾아내서 자신에게 들이민 것이었다.

'만약 최악의 경기를 펼친다면?'

중심을 잡지 못하고 이리저리 부유하던 이철승의 시선이 강만호와 김대희에게 닿았다.

심원 패롯스의 팬들은 강만호와 김대희가 함께 경기에 출전한다는 사실에 커다란 기대를 갖고 있었다. 그렇지만 두 선수의 현재 몸 상태와 컨디션에 대해 제대로 파악하지 못하기 때문에 갖는 헛된 기대일 뿐이었다.

'강만호와 김대희가 함께 출전한 경기들에서 최악의 플레이를 펼치며 경기 패배의 원흉이 된다면?'

그때는 상황이 또 달라질 터였다.

팬들은 무척 냉정했다. 금세 강만호와 김대희에 대한 기대를 접어버리고, 싸늘한 시선을 던지리라. 또 두 선수에게서 마음이 돌아설 터였다.

"더 좋았던 때로… 돌아가길 원하겠지."

올 시즌 심원 패롯스가 가장 좋았던 때는… 공교롭게도 김대희와 강만호가 출전하지 않았을 때였다.

트레이드를 통해 새롭게 팀에 합류한 김태식과 용덕수가 함께 출전해 공수에서 맹활약을 펼치며 연승 가도를 달리던 시기!

그 시기가 심원 패롯스가 가장 좋았던 때였다.

이것이 김태식이 찾아낸 묘수.

"나쁘지 않은… 아니, 괜찮은 방법이야."

이철승이 희미하게 고개를 끄덕였다.

만약 계획대로 순조롭게 진행만 된다면, 김태식이 찾아낸 방법이 묘수임을 인정하지 않을 수 없었다. 그러나 여전히 문제는 남아 있었다.

프런트와의 갈등과 마찰!

프랜차이즈 스타이자 고액 연봉자들인 김대희와 강만호를 계속 경기에 기용하지 않는다면, 감독과 프런트 사이에 마찰이 생길 것은 불 보듯 뻔했다. 그리고 김태식은 이 부분도 놓치지 않았다.

"대체… 어떻게 해결한다는 걸까?"

당시의 김태식은 이 문제를 해결할 수 있는 방안도 미리 준비해 뒀다고 단언했다. 그렇지만 그 방안이 무엇인지는 끝내 털어놓지 않았다.

이철승으로서도 더 캐물을 수 없는 노릇.

지금은 자신에게 주어진 역할을 하면서 김태식을 믿고 기다리는 수밖에 없었다.

자신이 있는 걸까.

여유로운 표정으로 그라운드를 향해 시선을 던지고 있는 김태식을 살핀 이철승이 혼잣말을 꺼냈다.

"날 실망시키지 말게."

7. 글러브

최종 스코어 0 : 1.

태식의 예상대로였다.

양 팀의 3연전 첫 경기 선발투수로 나섰던 톰 하디와 마이클 모어는 말 그대로 명품 투수전을 펼쳤다.

그 명품 투수전의 결과는 마이클 모어의 판정승이었다.

톰 하디는 1실점 완투패.

반면 마이클 모어는 완봉승을 거두었으니까.

양 팀을 통틀어 유일한 득점은 7회 말에 나왔다.

1사 1루 상황.

타석에 등장한 청우 로얄스의 3번 타자 웹 로스는 좌중간을 반으로 갈라놓는 2루타를 터뜨렸다.

오늘 경기에서 톰 하디가 던졌던 유일한 실투를 놓치지 않았던 웹 로스의 타석에서의 집중력.

발 빠른 1루 주자 이대형의 홈까지 파고든 과감한 주루 플레이.

이것이 청우 로얄스가 유일한 득점을 올린 결정적인 요인들이었다. 그러나 이 요인들이 다가 아니었다.

표면적으로 드러나지 않은 실책성 플레이가 하나 숨어 있었다.

홈 승부!

이대형이 빠른 발을 자랑하면서 과감하게 홈으로 쇄도했지만, 당시 심원 패롯스의 중계 플레이도 무척 깔끔한 편이었다.

아슬아슬한 타이밍.

감히 결과를 예측하기 힘들었던 홈 승부였지만, 주심은 세이프를 선언했다.

헤드 퍼스트 슬라이딩을 시도한 이대형의 오른손이 베이스에 닿은 것이, 강만호의 태그보다 조금 빨랐다고 판단했기 때문이다.

물론 이대형의 슬라이딩이 좋았다는 것은 부인할 수 없었다. 강만호의 태그를 피하기 위해서 마지막 순간에 몸을 힘껏 비틀면서 왼손이 아닌 오른손으로 홈베이스를 터치한 이대형의 묘기에 가까운 슬라이딩은 칭찬을 받아 마땅했다.

그렇지만 강만호의 태그 플레이가 너무 안이했다는 점도 간과할 수 없었다.

아웃 타이밍이라고 확신했기 때문일까.

중계 플레이를 거쳐 홈으로 날아든 송구를 받을 당시, 강만호의 자세는 너무 높았다. 그래서 태그까지 시간이 조금 더 걸렸다.

그 작은 차이는 아웃이 아니라 세이프라는 결과를 만들어 냈다.

주심이 세이프 선언을 했을 당시, 톰 하디가 강만호의 태그 플레이에 강한 불만을 터뜨린 것이 너무 안이했다는 증거였다. 그리고 그 안이한 태그 플레이 하나가 경기의 승패를 결정지었다.

수비에서만이 아니었다.

4타수 무안타.

강만호는 타석에서도 부진한 모습을 보였다. 그리고 김대희도 마찬가지로 4타수 무안타로 침묵했다.

상대 팀 선발투수인 마이클 모어가 워낙 훌륭한 투구를 한 부분도 있었지만, 심원 패롯스 팬들의 기대에는 많이 미치지 못하는 경기력이었다.

특히 8회 초 2사 2, 3루의 역전 찬스에서 타석에 들어섰던 김대희가 삼진을 당한 것은 뼈아픈 장면이었다.

*　　　　*　　　　*

"첫 경기는 계획대로 됐군!"

오늘 경기를 곱씹던 태식이 희미하게 고개를 끄덕인 순간, 숙소의 문이 열리고 용덕수가 들어왔다.

그런 그의 손에는 상자가 하나 들려 있었다.

"형, 택배 왔는데요."

"그래?"

"그런데 이옥분이 누굽니까? 혹시……?"

"혹시 뭐?"

"저는 몰랐던 형의 애인입니까?"

용덕수가 두 눈을 가늘게 뜨고 추궁한 순간, 태식이 입을 뗐다.

"덕수야."

"네."

"어머니다."

"네?"

"이옥분. 우리 어머니 성함이라고."

"아, 죄송합니다."

뒤늦게 실수를 깨닫고 고개 숙여 사과하는 용덕수의 손에 들린 상자를 태식이 빼앗아 개봉했다.

택배 상자 속에 들어 있는 것은… 새 글러브였다.

"무슨 글러브입니까?"

"예전에 선물 받은 글러브야."

"그런데 왜 안 쓰셨습니까? 새 거 같은데요?"

"안 쓴 게 아니라 못 썼어."

"왜요?"

"아까워서."

"……?"

"팬에게서 처음으로 받은 선물이었거든."

태식이 상자 속에서 글러브를 꺼냈다.

이 글러브는 태식이 야구 선수 생활을 시작한 후 팬에게서 처음으로 받은 선물이었다.

무척 뜻깊은 물건!

해서 한 번도 사용하지 않고 그동안 고이 집에 모셔두었었다.

"덕수야."

"네."

"잘 살펴봐라."

"그냥 글러브 아닙니까? 뭘 잘 살펴보란 겁니까?"

"낯익은 이름이 적혀 있거든."

"누구 이름이요?"

용덕수가 고개를 갸웃하며 글러브를 받았다. 그리고 유심히 글러브를 살피던 용덕수가 잠시 뒤 두 눈을 빛냈다.

"어!"

"찾았어?"

"여기 적힌 배지수란 이름. 지수 씨랑 이름이 똑같네요."

"당연하지."

"뭐가 당연하다는 겁니까?"

"지수 씨가 직접 쓴 이름이니까."

태식이 간단히 설명했지만, 용덕수는 금세 알아듣지 못했다. 커다란 두 눈을 연신 깜박이던 용덕수가 서둘러 물었다.

"그러니까 이 글러브에 적혀 있는 배지수란 이름이 지수 씨가 직접 적은 거란 말씀이십니까?"

"맞아."

"헐, 조금 실망이네요."

"왜?"

"여기 적힌 글씨를 보십시오. 삐뚤삐뚤한 것이 괴발개발이 아닙니까? 지수 씨가 글씨를 이렇게 못 쓰다니……."

"당연한 거야."

"네?"

"여섯 살 때 적었으니까."

"여섯 살 때 적은 글귀라고요?"

"그래."

예상치 못했던 전개여서일까.

잠시 말문이 막혔던 용덕수가 한참 만에 다시 질문했다.

"그럼… 지수 씨가 여섯 살 때부터 형과 알고 지냈던 겁니까?"

"맞아. 꽤 인연이 깊은 편이지."

"진짜 깊은 인연인데요."

용덕수가 놀란 표정으로 말한 순간, 태식이 쓰게 웃으며 입을 뗐다.

"그런데 난 몰랐어."

"몰랐다니요?"

"당시의 그 꼬마 아가씨가 지금의 지수 씨였는지 그동안 몰랐다고. 지수 씨에게 얘기를 듣고 나서야 알았지."

"어떤 이야기요?"

태식이 대답했다.

"지수 씨의 아버지에 대한 이야기."

*   *   *

"추억을 음미하고 있으니까요."

"어떤 추억을 음미한다는 거죠?"

"아버지와의 추억이요."

"……?"

"만약 아버지가 살아 계셨다면… 그래서 오늘 이 자리에 함께하셨다면… 참 좋아하셨을 거예요."

태식이 의아한 시선을 던졌다. 지수가 갑자기 아버지에 대한 이야기를 꺼내는 연유를 알 수 없었기 때문이다.

"왜… 아버지께서 좋아하셨을 거라고 생각하는 거예요?"

"아빠가 태식 씨 팬이었거든요."

"제 팬이었다고요?"

"네."

"하지만……."

"배 병 자 우 자. 저희 아빠 이름이에요."

"……."

"혹시 기억하세요?"

난 그리 유명한 선수가 아니라고 말하려고 했던 태식이 도중에 입을 다물었다.

'배… 병우?'

탁. 지수가 꺼낸 아버지의 이름을 들은 순간, 태식이 젓가락을 내려놓았다.

배병우란 이름은 태식도 알고 있었다.

무척 오래전의 일이었지만, 태식은 배병우란 이름 세 글자를 똑똑히 기억하고 있었다.

부모님을 제외하면, 야구 선수 태식의 첫 팬이었기 때문이다.

"그럼 그분이……."

"다행히 기억하시네요."

"네. 당연히 기억하고 있습니다. 그럼 혹시… 그때 병우 아저씨 손을 꼭 잡고 있던 꼬마 아가씨가……."

"네, 바로 저예요."

훤칠한 키에 인상이 선하던 배병우의 얼굴이 떠오른 순간, 그의 손을 꼭 잡고 있던 꼬마 아가씨도 떠올랐다.

당시에 깜찍하던 그 꼬마 아가씨가 바로 지수였음을 알게 된 순간, 태식이 천천히 고개를 끄덕였다.

"저를… 아시나요?"

"네. 예전부터 알고 있었습니다."

얼마 전, 시구를 하기 전에 태식에게 원 포인트 코칭을 부탁하던 지수가 자신의 앞에서 꺼냈던 대답이었다.

작은 실타래가 두터운 외투를 풀어낼 수 있는 시발점이 될 수도 있다는 노랫말은 틀리지 않았다.

비로소 하나의 매듭이 풀린 순간, 그동안 풀리지 않던 나머지 매듭들도 모두 스르르 풀려 나가기 시작했다.

지금까지 잘 이해가 되지 않았던 지수의 행동들.

거기에는 모두 이유가 있었다.

추억!

지수에게 그 시간이 추억이듯 태식에게도 추억이었다. 해서 환하게 웃던 태식의 표정이 이내 굳어졌다.

아까 지수가 꺼냈던 아버지가 살아 계셨다면 참 좋아하셨을 것이라는 말이 퍼뜩 떠올랐기 때문이다.

"병우 아저씨는… 돌아가셨나요?"

"네, 제가 여섯 살 때 교통사고로 돌아가셨어요."

"그랬… 군요."

돌이켜 생각해 보니, 배병우를 본 것은 고등학교 시절이 마지막이었다.

가끔씩 생각이 날 때마다 바쁜 일이 생겼거나, 다른 선수의 팬으로 마음이 바뀌었을 거라 여기고 말았었는데.

그런 것이 아니었다.

불의의 교통사고로 갑자기 세상을 떠났기 때문에 더 이상 야구장을 찾아오지 못했던 것이었다.

"유감입니다."

태식이 진심을 담아 말했다.

아주 많이 늦은 유감 표명.

그의 죽음에 대해 알게 된 순간 가슴이 아팠다. 생애 첫 팬이었던 배병우는 태식에게도 그만큼 소중했던 사람이었기 때문이다.

그런 태식의 시선이 지수에게로 향했다.

태식에게 배병우는 한 명의 팬일 뿐이었다. 그렇지만 지수에게는 세상에 단 한 명뿐인 아버지였다.

당연히 슬픔의 깊이가 다를 수밖에 없었다. 그래서 태식이 안쓰러운 시선을 던졌지만, 지수는 애써 희미한 웃음을 지었다.

"예전에는 아빠를 많이 원망했어요."

"……."

"평생 내 옆에서 지켜주겠다던 약속을 지키시지 않고 먼저 떠나 버리셨던 것이 너무 미웠거든요."

"어렸으니까요."

"네, 그때는 어렸어요. 그래서 아빠와의 추억이 깃든 물건들을 다 버리고 없애 버렸어요. 그런데 철이 들고 난 지금은 그게 너무 후회가 돼요."

태식이 희미하게 고개를 끄덕였다.

지수의 심정이 충분히 공감이 됐기 때문이다.

소중한 사람을 추억할 수 있는 매개체는 무척 중요한 법이
었다.

"그래서 더 반갑고 좋았어요."

"네?"

"시구를 하기 위해서 찾아갔다가 우연히 김태식 선수를 다
시 만나게 된 순간, 그렇게 반가울 수가 없었어요. 꼭 잃어버
린 추억을 되찾은 것 같아서."

어쩌면 그럴 수도 있었을 거라는 생각이 들었다.

이제는 다 잃어버리고 사라져 버렸다고 여겼던 추억을 되새
길 수 있는 매개체를 다시 만난 셈이었으니까.

"다행이네요.

"네?"

태식이 다행이라고 말하자, 지수가 의아한 시선을 던졌다.

"지수 씨가 아버지와의 추억을 되살리는 데 제가 조금이라
도 도움이 됐다니 다행이라는 뜻입니다."

"네, 정말 큰 도움이 됐습니다. 감사합니다."

지수가 고개를 숙여 인사한 순간, 태식이 웃었다.

그녀의 진심이 전해졌기 때문이다. 또, 그녀에게 전해줄 선
물이 퍼뜩 떠올랐기 때문이다.

"제가 선물을 하나 드릴게요."

"선물… 이요?"

"네. 아마 지수 씨가 좋아하실 거예요."

"어떤 선물인데요?"

지수가 호기심을 드러내며 물었지만 태식은 대답하지 않았다.

깜짝 선물이어야만 나중에 이 선물을 받았을 때 더 기뻐할 것이란 생각이 들었기 때문이다.

"조금만 기다리세요. 그나저나 선물을 전해 드리기 위해서라도 다시 한번 더 만나야겠는데요."

당시에 지수에게 줄 선물로 태식이 떠올린 것이 바로 이 글러브였다.

ㅡ배병우 & 배지수. 한국 프로야구 최고의 선수가 되길 바라며.

글러브 위에 적혀 있는 글귀를 바라보던 태식이 희미한 웃음을 머금었다.

응원의 메시지가 적혀 있는 이 글러브를 선물로 받고 무척 기뻐할 지수의 모습이 떠올랐기 때문이다.

물론 태식에게도 이 글러브는 소중한 물건이었다.

선물을 받은 후에 한 번도 사용하지 않고 고이 간직하고 있었던 것이 태식이 이 글러브를 무척 아꼈다는 증거였다. 그러나 지수에게 전해졌을 때, 더 큰 의미가 있을 것이란 생각이 들어서 이 글러브를 전해주려는 것이었다.

띠링.

그때, 태식의 폴더폰에 문자가 도착했다. 그 문자의 내용을 확인한 태식이 서둘러 외출 준비를 시작했다.

"또 어디 가세요?"

"잠깐 약속이 있어서."

"혹시?"

"혹시 뭐야?"

"지수 씨를 만나러 가시는 것 아닙니까?"

"아냐."

"그럼 누구를 만나시는 건데요?"

"내가 그것까지 알려줘야 해?"

"그건 아니지만."

입맛을 쩝 다신 용덕수가 두 눈을 가늘게 좁힌 채 다시 물었다.

"어쨌든 요새 너무 바쁘신 것 아닙니까?"

"이게 다 너와 나를 위해서야."

"네?"

"그런 게 있어."

픽 웃은 태식이 숙소 문을 열고 나섰다.

아까 한 말은 빈말이 아니었다.

태식이 이렇게 바쁘게 움직이는 데는 다 이유가 있었다.

8. 상생

딸랑.

커피 전문점의 문이 열린 순간, 송나영이 고개를 돌렸다.

심원 패롯스가 연패에 빠져 있는 상황.

게다가 용덕수와 김태식은 오늘 경기에 함께 결장했다.

강만호와 김대희.

용덕수와 김태식의 잠재적 포지션 경쟁자라 할 수 있는 두 선수가 그라운드에 복귀한 여파였다. 그렇지만 커피 전문점 안으로 들어서고 있는 김태식의 표정은 송나영이 예상했던 것 보다 어둡지 않았다.

"잘 지내셨죠?"

"네. 그럭저럭이요."

"그나저나 많이 곤란하셨겠어요."

"네?"

"특별히 신경 써서 저와 덕수의 기사를 1면 톱으로 내주셨는데, 그 후로 자꾸 경기에 결장하고 팀도 연패에 빠졌으니까요."

송나영이 쓴웃음을 머금었다.

김태식의 우려대로였다.

송나영이 강하게 주장하며 밀어붙인 덕분에, 김태식과 용덕수의 맹활약에 관한 기사를 1면 톱기사로 내보낼 수 있었다.

그렇지만 그 직후부터 김태식과 용덕수가 결장하는 경우가 늘어났다. 또, 심원 패롯스의 성적도 쭉 하락세를 타고 있었다.

이런 상황에 조울증이 아닐까 하는 걱정이 들 정도로 성격 급한 유인수가 가만히 있을 리 없었다.

"야! 내가 절대 안 된다고 그랬잖아!"

근래 들어 송나영이 어쩌다가 눈에 띌 때마다 들들 볶고 있는 상황이었다.

오죽하면 있지도 않은 외근 핑계를 대고 사무실을 빠져나온 후에 다시 들어가는 것을 극구 피하고 있는 실정일까.

어쨌든.

송나영이 김태식에게 새삼스러운 시선을 던졌다.

막강한 잠재적 포지션 경쟁자라고 할 수 있는 강만호와 김대희가 용덕수와 김태식을 밀어내고 주전으로 경기에 나서고 있는 상황.

자기 코가 석 자라고 표현해도 과언이 아닌 김태식이었다.

그런데 그는 송나영의 걱정까지 하고 있었다.

"전 괜찮아요. 욕먹는 것에는 이골이 났거든요."

"괜히 저 때문에… 죄송합니다."

"아니요. 이건 김태식 선수가 사과할 일이 아니에요. 선수 보는 눈이 없는 이철승 감독님이 문제죠. 그나저나 김태식 선수는 괜찮아요?"

"저도 괜찮습니다."

"정말… 괜찮아요? 오늘 경기에서 선발 라인업에서 빠졌을 뿐만 아니라 아예 결장을 했잖아요."

"정말 괜찮습니다."

대수롭지 않다는 태식의 반응을 살피던 송나영이 분통을 터뜨렸다.

"아까워요."

"뭐가요?"

"만약 김태식 선수가 경기 후반에 대타로 나섰다면, 오늘 경기의 결과가 분명히 달라졌을 텐데."

"그건 모르는 일입니다."

"나는 알아요."

"……?"

"내 눈에는 훤히 보이는데 왜 이철승 감독님은 그걸 모르실까요? 아, 열받아서 도저히 안 되겠다. 제가 기사 하나 쓸까요?"

"어떤 기사요?"

"이철승 감독님의 막눈에 대한 기사요."

"막눈… 이요?"

"헤헤. 표현이 좀 과했나?"

머리를 긁적인 송나영이 설명을 덧붙였다.

"얼마 전에 한창 유행했던 음악 경연 프로그램은 알죠? 방청객들이 매긴 점수로 경연에 참가한 가수들이 우승하거나 탈락하는 프로그램 있잖아요. 거기 참가한 방청객들이 가창력이 좋은 가수에게 낮은 점수를 줘서 경연에서 떨어뜨릴 때 흔히 막귀라고 표현하거든요. 제가 보기엔 이철승 감독님도 비슷한 것 같아요. 실력이 뛰어난 선수들을 알아보지 못해서 출전시키지 않으니까 막눈인 셈이죠."

송나영이 힘주어 말했지만, 김태식은 틀렸다는 듯이 고개를 흔들었다.

"나영 씨."

"네."

"이철승 감독님은 막눈이 아닙니다."

"어머, 지금 감독님이라고 편드시는 거세요?"

"그런 게 아닙니다."

"그럼 뭔데요?"

"제가 부탁했습니다."

"네?"

뜻밖의 이야기.

그래서 송나영이 의아한 시선을 던지고 있을 때, 김태식이 덧붙였다.

"경기에 내보내지 말아달라고 제가 감독님께 부탁을 드렸습니다."

*　　　　　*　　　　　*

승부처.

모든 경기에는 승패를 가르는 결정적인 승부처가 있게 마련이다.

오늘 심원 패롯스와 청우 로얄스와의 대결에서도 승부처는 존재했다.

'두 번이었어!'

태식이 판단하기에 두 팀의 승패를 가른 결정적인 승부처는 두 차례였다.

첫 번째 승부처는 양 팀을 통틀어 유일한 득점이 나왔던 7회 말 상황의 홈 승부.

두 번째 승부처는 역전 찬스였던 8회 초 2사 2, 3루 상황에서 김대희가 타석에 등장한 순간이었다.

이철승 감독도 승부처를 태식과 비슷하게 판단한 듯 보였다.

8회 초 상황에 대한 기억을 떠올리던 태식이 쓴웃음을 머금었다.

2사 1루 상황에서 타석에 등장했던 4번 타자 이명기는 2루타를 터뜨렸다.

덕분에 2사 2, 3루 상황으로 바뀐 순간, 이철승 감독은 흥분을 이기지 못하고 자리에서 벌떡 일어났다.

그런 그는 당연하다는 듯이 태식에게 시선을 던졌다.

"대타자로 나가면 안 될까?"

자신에게 향해 있던 이철승 감독의 시선에 담긴 의미였다.

태식도 순간 마음이 약해졌던 것은 사실이다. 그리고 대타자로 나서서 동점 혹은 역전을 만드는 적시타를 때려낼 자신도 있었고.

그렇지만 태식은 고개를 흔들며 그 시선을 외면했다.

그 이유는 당시 상황이 승부처였기 때문이다.

다만, 태식과 이철승 감독의 관점은 조금 달랐다.

오늘 경기의 승부처!

이철승 감독이 바라보던 관점이었다.

심원 패롯스의 올 시즌 승부처!

태식이 바라보던 관점이었다.

만약 이철승 감독이 원했던 대로 태식이 대타자로 등장해서 동점 혹은 역전 적시타를 때려냈었다면?

오늘 경기는 잡을 수 있었을 터였다. 그렇지만 한 시즌 전체를 놓고 본다면 이번 경기에서 패하는 게 낫다는 것이 태식이 내린 판단이었다.

최소 열 경기 이상을 버리는 것보다는 딱 세 경기만 버리는 것이 심원 패롯스 팀 입장에서는 압도적이 이득이었으니까.

'작은 욕심을 버리는 대신 큰 것을 얻자!'

이것이 태식이 이철승 감독의 간절하던 시선을 외면했던 이유였다. 그리고 경기의 두 번째 승부처에서 타석에 들어섰던 김대희가 삼진으로 허무하게 물러나면서 심원 패롯스는 경기에서 패했다.

　　　　*　　　　　*　　　　　*

"대체 왜 그런 부탁을 했던 거죠?"

송나영은 전혀 이해가 가지 않는다는 표정으로 물었다.

어쩌면 당연한 반응이었다. 그래서 태식이 쓴웃음을 머금은 채 대답했다.

"저를 위해서였습니다."

"네?"

"그리고 우리 팀을 위한 부탁이기도 했습니다."

태식이 순순히 대답했지만, 송나영은 여전히 이해하지 못한 기색이었다.

"그게 무슨 소리죠? 오히려 경기에 출전해서 활약하는 것이 김태식 선수의 주전 경쟁을 위해서 더 나은 것이 아닌가요? 그리고 김태식 선수의 활약으로 경기에서 이기는 것이 팀을 위해서도 좋은 것 아닌가요?"

"일반적인 상황이라면 그 말씀이 맞습니다."

"일반적인… 상황이요?"

"지금은 특수한 상황이거든요."

"……?"

"저는 물론이고 우리 팀도 특수한 상황에 처해 있는 상황입니다. 그래서 그런 부탁을 드렸던 겁니다."

"좀 더 자세히 설명해 주세요."

기자 특유의 촉이 발동한 걸까.

송나영이 두 눈을 초롱초롱 빛내며 흥미를 드러냈다.

그런 그녀에게 태식이 굳이 감추지 않고 현재 심원 패롯스의 사정에 대해서 설명을 시작했다.

그 설명을 모두 들은 송나영이 잠시 생각에 잠겼다가 입을 열었다.

"대(大)를 위해 소(小)를 희생했다? 대충 이런 뜻이죠?"

"비슷합니다."

"확실히 특수한 상황이긴 하네요. 이제야 김태식 선수가 이철승 감독님에게 그런 부탁을 했던 것이 어느 정도 납득이 되요."

"그런가요?"

"그런 의미에서 취소할게요."

"뭘요?"

"아까 이철승 감독님을 막눈이라고 막말했던 것이요."

송나영은 솔직하게 자신의 실수를 인정했다. 그 모습을 지켜보며 태식이 희미한 웃음을 머금었을 때였다.

"그럼 저는 뭘 하면 되죠? 아무 이유도 없이 저를 만난 건 아닐 거잖아요."

송나영은 기자로서 촉이 좋을 뿐만 아니라, 눈치도 무척 빨랐다. 그래서 새삼스러운 시선을 던지던 태식이 말했다.

"나영 씨가 해주실 일은 하나뿐이죠."

"음, 기사를 써라?"

"나영 씨 직업이 기자니까요."

"어떤 기사를 쓸까요?"

"솔직한 기사면 됩니다."

태식이 대답했다.

김대희와 강만호.

두 선수는 팬층도 무척 두터운 편이었고, 오랫동안 선수 생활을 하면서 기자들과도 친분을 꽤 쌓은 편이었다.

그래서일까.

김대희와 강만호의 부진이 길어지고 있음에도, 두 선수를 비난하는 기사는 일절 나오지 않았다.

태식이 송나영에게 원하는 것은 두 선수의 부진과 슬럼프가 심원 패롯스에 미치는 영향을 객관적으로 분석해서 솔직하게 전달하는 기사였다.

"무슨 뜻인지 알겠어요."

역시 송나영은 눈치가 백단이었다.

태식이 던진 몇 마디 말을 들었을 뿐인데, 이미 자신이 어떤 기사를 써야 하는지 이해한 기색이었다.

이제 송나영을 만난 목적은 달성한 셈이었다. 그래서 태식이 유자차가 담긴 잔을 들어 입으로 가져갔을 때였다.

"자신 있어요?"

송나영이 불쑥 질문을 던졌다.

"무슨 뜻인가요?"

"김대희와 강만호 선수를 대신해서 김태식 선수와 용덕수 선수가 경기에 나섰을 때, 심원 패롯스가 더 나은 팀이 된다는 것을 증명할 자신, 아니, 심원 패롯스를 우승시킬 자신이 있느냐고 물은 거예요."

"자신… 없습니다."

"네?"

원했던 대답이 아니기 때문일까.

살짝 당황한 기색을 드러내고 있는 송나영에게 태식이 덧붙였다.

"오해를 하고 계시네요."

"오해요?"

"네."

"제가 어떤 오해를 하고 있죠?"

"저의 궁극적인 목적은 대희와 만호를 주전 경쟁에서 밀어내는 것이 아닙니다."

"……?"

"심원 패롯스가 가을 야구에 참가하고, 또 우승하기 위해서는 저와 덕수만으로는 역부족입니다."

"그럼?"

"대희와 만호의 도움이 필요합니다."

"그렇지만 아까는 분명히……."

"단, 전제 조건이 하나 있습니다."

"그 전제 조건이 뭐죠?"

"대희와 만호가 경기에 출전했을 때, 우리 팀에 도움이 되어야 한다는 것입니다."

태식이 친절하게 설명했다. 그렇지만 송나영은 완벽하게 이해하지 못한 듯 보였다.

'이걸 어떻게 설명하면 될까?'

한참 동안 고민에 잠겼던 태식이 다시 입을 열었다.

"제가 원하는 것은 경쟁이 아닙니다."

"그럼 뭐죠?"

태식이 대답했다.

"상생입니다."

＊　　　　＊　　　　＊

4연패.

청우 로얄스와의 3연전 가운데 1차전과 2차전을 모두 내주면서 심원 패롯스의 연패는 길어졌다.

톰 하디와 윌린 해멀스.

팀의 1선발과 3선발을 맡고 있는 두 명의 외국인 투수를 내세우고도 패했기에 더욱 큰 타격으로 돌아온 결과였다.

청우 로얄스와의 3연전 마지막 경기이자, 심원 패롯스의 전반기 마지막 경기에 선발투수로 나선 것은 팀의 2선발을 맡고 있는 이연수였다.

"오늘까지다!"

오늘 경기에 출전하지 않는다는 사실을 이미 알고 있기에 태식이 느긋한 시간을 보내고 있을 때, 용덕수가 숙소 문을 열고 뛰어들어 왔다.

"형이죠?"

용덕수가 다짜고짜 던진 질문.

"앞뒤 다 자르고 갑자기 무슨 소리야?"

"이 기사 말이에요."

"무슨 기사인데?"

"이거요. 이거."

용덕수가 스포츠 신문을 건넸다.

<김대희와 강만호의 복귀. 심원 패롯스에게 독배가 된 것이 아닐까>

한눈에 띌 정도로 기사 제목은 자극적이었다. 그리고 기사는 3면 상단에 큼지막하게 실려 있었다.

'애 많이 썼네!'

굳이 기사의 하단부를 찾아보지 않더라도 이 기사를 작성한 것이 송나영이란 사실은 알 수 있었다. 또, 송나영이 이 기사를 스포츠 신문 3면 상단에 싣기 위해서 얼마나 애를 썼는가도 대충 짐작할 수 있었다.

태식이 기사 내용을 찬찬히 살피기 시작했다.

9. 상황이 바뀌었다

"어떤 기사를 쓸까요?"

"솔직한 기사면 됩니다."

송나영의 질문을 받았을 당시에 태식이 꺼냈던 대답이었다. 그리고 송나영은 태식의 말을 충실히 이행했다.

기사의 주요 골자는 비교 분석이었다.

김대희와 강만호가 출전했을 때의 개인 성적과 심원 패롯스의 성적.

태식과 용덕수가 출전했을 때의 개인 성적과 심원 패롯스의 성적.

객관적인 비교 분석을 통한 극명한 대비는 한눈에 쏙 들어올 정도로 명료했다.

'예상보다 더 잘 썼네!'

해서 태식이 흐뭇하게 웃고 있을 때였다.

"형이죠? 송나영이란 기자에게 이 기사 써달라고 형이 부탁한 거, 맞죠?

"맞아."

"역시 형 말이 맞았네요."

"무슨 소리야?"

"프로야구 선수로 성공하려면 야구 못지않게 인간관계도 중요하다. 특히 기자들과 적당히 친분을 쌓는 건 중요하다. 형이 일전에 이렇게 말씀하셨잖아요. 덕분에 딱 좋은 타이밍에 이런 기사가 나온 거고요."

"딱 좋은 타이밍?"

"아, 잠시만요."

용덕수가 태블릿 PC를 갖고 돌아왔다. 그런 그가 송나영이 작성한 기사와 똑같은 기사를 화면에 띄운 후, 태블릿 PC를 건네주었다.

"이거 보세요."

"좀 전에 다 봤잖아? 똑같은 기사 아냐?"

"기사는 똑같죠."

"그런데?"

"제가 보라고 한 건 댓글입니다."

"댓글?"

태식이 그제야 기사 아래 달린 댓글들을 살폈다.

—사이다 기사. 잘 봤습니다.

—비교해 놓은 거 보니 확실히 독배 맞네.

—이거 보고 나니까 진짜 열받네.

—배때지가 불러서 그럼.

—김대희랑 강만호, 그냥 더 쉬자.

그 댓글들을 살피던 태식은 곧 용덕수가 딱 좋은 타이밍에 나온 기사라고 말한 이유를 알 수 있었다.

기사에 달려 있는 댓글들은 강만호와 김대희에게 부정적인 반응 일색이었다.

"이 댓글 보셨습니까?"

"어떤 댓글?"

"여기 적힌 댓글이요."

태식이 용덕수가 손가락으로 가리킨 댓글을 보았다.

—김태식하고 용덕수, 다시 나와라.

그 댓글의 내용을 확인한 태식이 용덕수가 흥분한 이유를 알아챘다.

'덕수 말대로 딱 적당한 타이밍이군!'

지금까지는 태식이 원하던 그림대로 상황이 흘러가고 있었다. 이제 남은 것은 그림의 방점을 찍는 것뿐이었다.

'오늘 경기가 올 시즌 심원 패롯스의 성적을 좌우하겠군!'

희미하게 고개를 끄덕이던 태식이 밝은 표정의 용덕수에게 물었다.

"잘 쉬었어?"

"네?"

"휴가, 잘 즐겼냐고?"

"잘 즐겼겠습니까?"

한숨을 푹 내쉬며 힘없이 대답하는 용덕수의 어깨를 툭 치며 태식이 말했다.

"준비해라."

"갑자기 무슨 준비요?"

"밥값은 해야지."

"……?"

"본격적으로 나서기 전에 몸 좀 풀자."

용덕수가 두 눈을 빛냈다.

"오늘… 출전하는 겁니까?"

"아마."

"하지만 일전에 말씀하시기는……."

용덕수가 의아한 표정을 짓는 데는 이유가 있었다. 지난번에 태식이 이번 3연전에 쭉 출전하지 않을 거라고 언질을 주었기 때문이다.

"상황이 좀 바뀌었다."

"어떻게요?"

용덕수의 질문을 받은 태식이 대답했다.

"네 말대로 인생은 한 치 앞도 알 수 없는 것이니까."

*　　　*　　　*

'독배?'

김대희가 인상을 구겼다.

무척 자극적인 기사의 제목부터 마음에 들지 않았다. 그리고 기사 내용도 마음에 들지 않는 것은 마찬가지였다.

김태식과 용덕수가 출전했을 때의 심원 패롯스의 성적과 자신과 강만호가 출전했을 때의 심원 패롯스의 성적!

극명하게 갈렸다.

한눈에 들어오도록 도표까지 사용해서 차이를 비교 분석해 놓은 기사의 내용은 틀리지 않았다.

요즘 유행하는 말로 팩트 폭격.

김태식과 용덕수가 트레이드를 통해 새로이 합류한 후, 심원 패롯스의 성적이 상승세를 탄 것은 사실이었다.

반면 자신과 강만호가 함께 출전했을 때, 심원 패롯스는 연패에 빠졌었고.

그러나 표본이 너무 적었다.

한 시즌은 무척 길었고, 좀 더 표본이 늘어나면 상황은 또 달라지리라.

폼은 일시적이지만 클래스는 영원하다는 명언.

괜히 생긴 것이 아니었다.

어쨌든.

기사 제목과 기사 내용보다 김대희의 마음에 더 들지 않았던 것은 기사 아래에 달린 댓글들이었다.

자신과 강만호에 대해 비난 일색인 댓글들을 확인한 순간, 처음에는 화가 치밀었다.

그러나 이내 서운함으로 바뀌었다.

'너무들 한 거 아냐?'

비록 올 시즌 일시적으로 부진하긴 했지만, 그동안 자신과 강만호는 심원 패롯스를 위해 열심히 뛰었다. 그런데 너무 쉽게, 또 너무 빨리 등을 돌려 버리는 팬들에게 서운한 마음이 깃드는 것은 어쩔 수 없었다.

'두렵다!'

1회 말 수비를 위해서 그라운드에 서 있던 김대희는 자신이 두렵다는 생각을 품고 있다는 사실을 뒤늦게 깨닫고 흠칫 놀랐다.

'언제부터였지?'

그동안 야구를 하면서 경기에 출전하는 것에 두려움을 느낀 적은 한 번도 없었다. 오히려 경기에 출전하고 싶어서 안달이 났었다.

그런데 지금은 달랐다.

—김대희랑 강만호. 그냥 더 쉬자.

기사 아래에 달려 있었던 댓글 내용처럼 경기에 출전하지 않고 더그아웃에서 지켜보고 싶었다. 그렇지만 이철승 감독은 자신의 이름을 선발 라인업에 올렸다.

'왜?'

그 이유가 궁금했다. 해서 더그아웃으로 고개를 돌려 이철승 감독을 살폈지만, 팔짱을 끼고 있는 이철승 감독의 무표정한 얼굴을 통해서는 아무것도 읽을 수 없었다.

딱!

그때였다. 둔탁한 타격음이 귓가에 들려온 순간, 김대희가 서둘러 고개를 돌려 타구의 방향을 읽었다.

자신에게 타구가 날아오지 않길 바랐는데.

그 바람은 통하지 않았다.

3루 선상을 타고 느릿하게 굴러오는 타구를 확인한 김대희가 본능적으로 타구를 향해 대시했다.

툭.

포구 지점을 예측하고 타구를 향해 글러브를 갖다 댔지만, 마지막 바운드는 김대희가 예상했던 것보다 컸다.

글러브를 낀 왼 손목 부근을 맞은 타구가 바닥에 떨어졌다.

바닥에 떨어진 공을 서둘러 맨손으로 다시 잡아서 송구 모션을 취했지만, 1루로 송구를 할 수 있는 기회는 이미 사라져 있었다.

빠른 발을 자랑하는 청우 로얄스의 리드오프인 이대형은 전력 질주를 해서 이미 1루 베이스를 통과한 후였기 때문이다.

실책.

마지막에 불규칙 바운스가 일어나긴 했지만, 처리가 어려운 타구는 아니었다. 그렇지만 김대희는 비교적 평범한 타구를 한 번에 포구하는 데 실패하는 우를 범했다.

'집중력이 떨어졌어. 그리고… 너무 서둘렀어!'

실책을 범한 요인은 두 가지.

우선 머릿속이 복잡한 터라 경기에 집중하지 못했다. 그리고 이대형의 발이 빠르다는 사실을 이미 알고 있었기 때문에 타구 처리를 너무 서둘렀다.

'이게… 다가 아냐!'

그러나 김대희는 이내 고개를 흔들었다.

방금 전 실책을 범한 이유는 이 둘이 다가 아니었다.

'두려워!'

아까 타격음이 흘러나왔을 때, 타구의 방향이 자신의 수비 위치인 3루 쪽으로 향하지 않기를 내심 바랐던 것이 김대희가 그라운드 위에서 두려움을 느끼고 있다는 증거였다.

그 두려움은 몸을 굳게 만들었다.

거기에 더해 부상 재발에 대한 우려까지.

김대희가 방금 범했던 실책은 이런 복합적인 요인들이 작용한 것이었다.

'빌어… 먹을!'

마운드 위에 서 있는 선발투수 이연수가 인상을 팍 구기고 있는 것을 확인한 김대희가 주먹을 꽉 말아 쥐었다.

팀원들에게 짐이 되는 느낌이랄까.

자신에게로 향해 있는 이연수의 시선은 싸늘했다. 그리고 팬들의 시선도 싸늘하기 짝이 없었다.

그래서일까.

아까보다 더한 두려움에 사로잡혀 버린 김대희의 머릿속을 가득 채운 생각은 하나였다.

'도망치고… 싶다!'

타다닷.

김대희가 범한 실책 덕분에 1루로 살아 나갔던 이대형은 초구부터 과감하게 스타트를 끊었다. 이대형의 도루 시도를 확인한 강만호가 공을 받자마자 벌떡 일어나면서 2루로 힘껏 송구했다.

'높아!'

그 송구를 살피던 이철승이 눈살을 찌푸렸다.

실전 감각이 떨어진 탓일까.

강만호가 공을 받고 일어서서 송구하는 데까지 걸린 시간은 길었고, 어깨에 잔뜩 힘이 들어간 상태로 던진 송구는 높았다.

베이스 커버를 들어간 2루수가 높이 점프하며 글러브를 위로 들어 올렸지만, 송구를 잡아내기에는 역부족이었다.

송구가 뒤로 빠진 사이, 이대형은 3루까지 여유 있게 진루했다.

무사 3루.

잇따른 실책으로 무사 3루 상황으로 바뀐 순간, 이철승이 고개를 절레절레 내저었다.

김대희와 강만호.

심원 패롯스의 불안 요소라고 판단했던 두 선수는 오늘 경기에서도 어김없이 앞다투어 실책을 범했다.

퍽!

2번 타자 염보승을 상대하던 이연수가 던진 공은 사구가 됐다.

엉덩이 부근에 투구를 맞은 염보승이 절뚝거리며 1루로 걸어가는 모습을 지켜보던 이철승이 한숨을 내쉬었다.

두 선수의 잇따른 실책은 팀원들을 불안하게 만들고 있었다.

제구가 좋기로 소문난 이연수가 방금 사구를 던진 것이 그의 멘탈과 제구가 흔들리고 있다는 증거였다.

다음 타자는 웹 로스.

지난 두 경기에서 연속으로 결승 타점을 올린 청우 로얄스의 외국인 타자 웹 로스는 최근 절정의 타격감을 자랑하고 있었다.

평소의 이연수였다면 팽팽한 승부가 이뤄졌을 터.

그렇지만 멘탈이 흔들리기 시작한 이연수는 웹 로스의 벽을 넘지 못했다.

따악!

완벽한 타이밍에 걸린 타구는 우중간 펜스까지 굴러갔다.

3루 주자였던 이대형은 여유롭게 홈으로 들어왔고, 1루 주자인 염보승도 3루 베이스 근처에 다다라 있었다. 그리고 달리는 속도를 서서히 줄이며 3루에서 멈출 것처럼 보였던 염보승은 갑자기 다시 달리는 속도를 높이면서 3루 베이스를 통과해 홈으로 쇄도했다.

"뭐 하는 거야?"

염보승이 3루에서 멈추지 않고, 과감하게 홈으로 파고드는 선택을 내린 것은 엉성한 펜스 플레이 때문이었다.

거의 동시에 펜스 앞에 도착한 우익수 이종도와 중견수 임태규는 타구 처리를 서로 미루었다. 뒤늦게 이종도가 공을 잡아서 홈으로 송구했지만, 염보승은 홈 승부에서 여유롭게 세이프 선언을 받았다.

그사이, 타자 주자인 웹 로스는 3루에 안착했다.

"엉망진창이군!"

이철승이 거칠게 콧김을 내뿜었다.

만약 펜스 플레이만 제대로 펼쳤다면 1실점으로 막을 수 있는 타구였다. 그렇지만 타구 처리를 서로 미루다가 내주지 않아도 될 실점을 더 허용한 셈이었다.

게다가 2루에서 멈췄어야 할 타자 주자 웹 로스도 3루까지 진루해 있었다.

지금 상황이 마음에 들지 않는 걸까.

지그시 입술을 깨문 채 분한 표정을 짓고 있는 이연수를 살피던 이철승의 시선이 다른 선수들에게로 향했다.

마치 죄인처럼 고개를 아래로 떨구고 있는 선수들을 확인한 이철승의 뱃속 깊숙한 곳부터 분노가 치밀었다.

오늘 한 경기만이 아니었다.

야수들의 엉성하기 짝이 없는 수비는 다음 경기, 또 그다음 경기에도 계속 영향을 미칠 터였다.

따악!

그때였다. 묵직한 타격음이 다시 흘러나온 순간, 이철승의 표정이 더욱 일그러졌다.

'잡아라!'

아까의 실수를 만회할 요량으로 우익수 이종도가 필사적으로 타구를 쫓는 모습이 눈에 들어왔다.

일찌감치 펜스 앞에 도착해서 등을 기대고 선 이종도가 점프하면서 글러브를 위로 쭉 뻗었다. 그렇지만 타구를 잡기에는 역부족이었다.

청우 로얄스의 4번 타자 조인성이 때린 타구는 이종도가 내민 글러브를 살짝 넘기고 떨어졌다.

투런 홈런.

이연수가 아웃 카운트를 하나도 잡아내지 못한 채 4실점을 허용한 순간, 이철승이 고개를 아래로 떨구었다.

10. 명분

"최악이군."

이철승이 한숨을 내쉬며 절레절레 고개를 흔들었다.

야수들이 선보이고 있는 엉성한 수비가 다가 아니었다. 내심 믿고 있었던 선발투수 이연수도 마운드 위에서 심하게 흔들리고 있었다.

'왜… 승부를 서둘렀을까?'

무사 3루인 상황.

타석에는 최근 타격감이 상승세인 4번 타자 조인성이 들어섰고, 1루는 비어 있는 상황이었다.

그러니 볼카운트 상황에 따라 1루를 채울 생각으로 최대한 어렵게 승부를 가져가는 것이 맞았다. 하지만 이연수는 초구 스트라이크를 잡을 요량으로 무리하게 승부를 하다가 조인성에게 투런 홈런을 허용한 것이었다.

"그게… 아닌가?"

스스로의 투구가 마음에 들지 않아서일까.

로진백을 터뜨릴 기세로 꽉 움켜쥐고 있는 이연수를 바라보고 있던 이철승의 생각이 바뀌었다.

이연수는 경험이 풍부한 편이었다. 그런 만큼 무사 3루 상황에서 조인성을 상대로 성급한 승부를 가져갈 정도로 무모하지는 않았다.

"제구가 안 됐던 거야!"

성급하게 승부를 한 것이 아니라, 뜻대로 제구가 되지 않았던 것이었다. 그래서 유인구가 가운데 높은 코스로 몰렸고, 조인성은 이 실투를 놓치지 않고 제대로 받아쳐서 홈런으로 연결했다.

0 : 4.

아웃 카운트를 하나도 잡아내지 못한 채 무려 4실점을 허용했다. 그리고 이철승이 머리 꼭대기까지 화가 난 이유는 4실점을 허용하는 과정이 너무 마음에 들지 않았기 때문이다.

우우.

우우우.

연패에 빠져 있는 데다가, 1회 초부터 선수들이 실책성 플레이들을 남발하면서 대량 실점을 허용하고 나자, 팬들의 야유가 쏟아지기 시작했다.

'어려워!'

하향세를 타고 있는 팀 분위기, 그리고 오늘 경기 선발투수로 나선 최연성이 청우 로얄스의 토종 에이스인 점을 감안하면, 이미 초반에 대량 실점을 허용한 오늘 경기에서 역전승을 거두는 것은 쉽지 않아 보였다.

"일단 원하던 대로 진행되고 있는 셈이긴 한데."

이철승이 머리 꼭대기까지 치밀었던 화를 가라앉히기 위해 애썼다.

굳이 따지자면 이렇게까지 화를 낼 필요가 없었다.

올스타 브레이크를 앞두고 펼쳐진 청우 로얄스와의 3연전.

이미 세 경기를 모두 내주기로 작정한 상황이었다.

심원 패롯스가 처한 상황이 심각한 데다가, 경기 내용도 워낙 좋지 않아서 감독으로서 화가 치밀긴 했지만, 오히려 원하던 결과였다.

이철승이 고개를 돌려 더그아웃에서 담담한 표정으로 경기를 지켜보고 있는 김태식을 살폈다.

'다 자네 말대로 된 상황이야. 그러니 올스타 브레이크가

끝나고 나면 우리 팀의 반등이 가능하겠지?'

김태식은 세 경기만 버리면 분명히 팀이 반등할 수 있을 거라고 단언했다. 그러나 이철승은 확신이 없었다.

어쨌든 이철승은 심원 패롯스의 감독이었다.

초반 대량 실점을 허용한 오늘 경기를 뒤집을 수 있는 가능성은 분명히 낮았지만, 가만히 손을 놓고 있을 수는 없었다.

경기에서 패하는 것 못지않게, 어떻게 패하는가 여부도 무척 중요했기 때문이다.

따악!

일단 아웃 카운트 하나라도 잡아주길 바랐는데.

이연수는 청우 로얄스의 5번 타자인 장문기에게도 중전 안타를 허용했다.

더 버틸 수는 없는 노릇.

우우.

우우우!

한층 더 커진 팬들의 야유 소리를 들으며 이철승이 감독석에서 일어났을 때였다.

"감독님."

김태식이 앞으로 다가왔다.

"무슨 일이야?"

"상황이 조금 바뀌었습니다."

무슨 뜻일까?

그 말뜻을 이해하지 못한 이철승이 의아한 시선을 던질 때, 김태식이 덧붙였다.

"오늘 경기에 출전해야겠습니다."

*   *   *

명분!

심원 패롯스를 대표하는 프랜차이즈 스타에서 팀의 불안 요소로 전락해 버린 강만호와 김대희.

이 불안 요소들을 해소하기 위해서 필요한 것은 명분을 쌓는 것이었다. 그러나 이것이 그리 간단치 않았다.

쓰리 트랙(Three track).

태식이 판단하기에는 세 방향에서 동시에 명분을 쌓아야 했다. 그리고 그 세 방향은 다음과 같았다.

팬들, 선수들, 그리고 프런트.

"스코어는… 적당히 벌어졌어!"

0 : 7.

심원 패롯스의 공격이 진행되고 있는 4회 말의 스코어였다.

선발투수인 이연수가 1회 초에 아웃 카운트 하나만 잡아내고 강판된 후, 추격조에 속한 채 롱 릴리프 역할을 겸하고 있는 김혁이 마운드를 이어받았다. 그러나 분위기를 탄 청우 로얄스의 타선을 막아내기는 역부족이었다.

1회 4실점을 허용한 데 이어 2회에 1점, 3회에 2점을 더 허용하면서 스코어는 7점차로 크게 벌어져 있었다.

우우.

우우우.

태식이 그라운드로 시선을 던졌다.

팬들이 쏟아내는 야유 소리가 갑자기 거세진 이유.

5회 말, 1사 1루 상황에서 타석에 들어서고 있는 것이 바로 강만호였기 때문이다.

1회 초 대량 실점의 빌미가 됐던 송구 실책이 끝이 아니었다. 3회 초 수비에서도 강만호는 블로킹에 실패하며 포일을 범해 추가 실점을 허용했다.

결정적인 실책을 잇따라 범한 강만호에게 팬들은 잔뜩 화가 나 있었다. 인내심이 바닥을 드러냈기 때문이다.

'이제 팬들에게는 명분이 어느 정도 쌓였군!'

팬들이 쏟아내는 거센 야유 소리를 들으면서 태식이 희미한 웃음을 머금었다.

강만호만이 아니었다. 김대희가 실책을 범하거나, 타석에 들어설 때마다 팬들의 야유 소리가 더욱 거세졌다.

팬들의 야유가 자극이 된 걸까.

타석에 서 있는 강만호의 표정은 비장했다.

이번 타석에서 뭔가를 보여주겠다는 의욕이 엿보였지만, 야구는 마음먹은 대로 되는 스포츠가 아니었다.

딱!

몸 쪽 높은 코스로 들어오는 공에 강만호가 힘차게 배트를 휘둘렀다.

그렇지만 타이밍이 엇나갔다.

빗맞은 타구는 투수 앞으로 힘없이 굴러갔다.

"달라진 게… 전혀 없군!"

강만호의 타격을 살피던 태식이 작게 혼잣말을 꺼냈다.

마경 스왈로우스와의 3연전 두 번째 경기.

부상에서 복귀한 첫 경기에서 강만호는 트리플플레이로 연결된 타구를 날렸다. 그리고 방금 전, 강만호의 타격은 당시의 타격과 거의 흡사했다.

몸 쪽 높은 코스로 들어온 직구에 참지 못하고 강만호는 배트를 휘둘렀고, 그때와 마찬가지로 배트 스피드가 밀렸다.

그 결과 타구는 투수 정면으로 향하는 땅볼이 됐고, 병살플레이로 이어졌다.

타격하는 순간에 이미 병살 플레이가 될 것을 직감했기 때문일까.

강만호는 1루 베이스를 향해 전력 질주 하는 대신, 1루 베이스에 절반도 미치지 못한 지점까지 설렁설렁 뛰다가 더그아웃 쪽으로 방향을 틀었다.

우우!

우우우!

그 순간, 야유 소리가 더욱 거세졌다.

"야, 제대로 안 뛰어?"

"니가 그러고도 프로 선수냐?"

"열받아 죽겠네. 내가 이 꼬라지 보려고 비싼 돈 내고, 아까운 시간까지 써가면서 여기 찾아온 줄 알아?"

"티켓값 환불해라!"

성난 팬들의 날선 비난도 동시에 쏟아졌다.

"베이스 러닝까지 똑같군."

침통한 표정으로 더그아웃을 향해 걸어 들어오는 강만호를 바라보던 태식이 고개를 절레절레 내저었다.

방금 강만호의 주루 플레이가 치명타였다.

불난 곳에 기름을 들이부은 격이랄까.

경기에서 실책을 범할 수도 있고, 병살타도 때릴 수 있었다. 그렇지만 최선을 다하지 않는 플레이는 달랐다.

그라운드에서 최선을 다해 플레이하는 것은 고액의 연봉을 받고, 팬들의 사랑을 받는 프로야구 선수의 의무였다. 그런데 방금 강만호는 그 의무를 다하지 않은 셈이었다.

물론 강만호에게도 변명의 여지는 있었다.

이미 7점차로 크게 벌어진 스코어, 병살로 연결될 것이 확실한 투수 앞 땅볼, 느린 발, 부상의 여파까지.

'전력 질주를 한다고 해도 병살타가 되는 것을 막지 못할 것이다. 부상에서 복귀한 지 얼마 되지 않았으니 무리하지 말자.'

강만호는 무심코 이런 생각을 했으리라.

그러나 너무 안이한 생각이었다. 그리고 그 안이한 생각은 팬들의 분노를 일으키는 결과를 초래했다.

*   *   *

"다들 모여봐!"

5회 말 공격이 끝나고 나서, 이철승이 선수들을 한데 불러 모았다. 그리고 그가 선수들을 불러 모은 이유는 파이팅을 주문하기 위함이 아니었다.

패잔병처럼 양 어깨를 축 늘어뜨리고 있는 선수들을 둘러보던 이철승의 시선이 김대회에게서 멈추었다.

"김대회!"

"네."

"더 뛸 수 있겠어?"

"……"

"솔직히 말해봐. 더 뛸 자신 있어?"

모든 선수의 시선이 일제히 김대희에게로 쏠렸다.

바로 대답하지 못하고 망설이는 김대희의 눈동자가 중심을 잡지 못하고 격렬하게 흔들리고 있었다.

"저는… 그러니까 저는……"

"두렵지?"

"네?"

"경기에 나서는 것. 두렵잖아?"

정곡을 찔린 탓일까?

김대희의 눈동자가 더욱 격하게 흔들렸다.

잠시 뒤, 김대희가 침묵을 깨뜨렸다.

"두렵습니다."

"그럼 빠져."

"네?"

"어차피 기울어진 경기야. 자신감부터 회복해."

지그시 이를 깨물고 있던 김대희가 천천히 고개를 끄덕인 순간, 이철승의 시선이 강만호에게로 옮겨갔다.

"강만호. 넌 어때?"

"네?"

"계속 뛸 수 있겠어?"

강만호의 반응도 김대희와 엇비슷했다.

바로 대답을 꺼내지 못하고 한참을 망설이고 있던 강만호가 이를 악물고 대답했다.

"뛸 수 있습니다."

"진심이야?"

"그게……."

"괜한 오기 부리지 마. 팀에 해가 될 뿐이니까."

"……."

"두렵지?"

"저는 그라운드에 나서는 것이 두렵지……."

"팬들의 야유가, 또 팬들의 비난이 두렵지?"

이번에는 강만호가 바로 대답하지 못하고 입을 다물었다. 그 반응을 살피던 이철승이 덧붙였다.

"소나기는 일단 피하라는 속담, 알아?"

"네? 네."

"그럼 피해."

"……?"

"지금 이 상태로 더 경기에 나서봐야 너한테 득이 되기는커녕 독이 될 뿐이니까. 내 말, 알아들었어?"

"네, 알겠습니다."

김대희에 이어 강만호까지.

두 선수가 경기 도중에 빠지겠느냐는 자신의 제안에 수긍한 순간, 이철승이 안도의 한숨을 내쉬었다.

큰 산을 또 하나 넘은 느낌이랄까.

'만약 선수 기용에 대한 전권을 가진 내가 일시적인 부진을 이유로 임의로 김대희와 강만호를 라인업에서 배제했다면?'

가재는 게 편이란 속담.

괜히 있는 것이 아니었다.

언제든지 부상을 당할 수 있고, 또 슬럼프에 빠질 수 있는 것이 선수.

그동안 선수가 쌓은 커리어를 무시하고 일방적으로 라인업에서 배제한다면, 다른 선수들이 일제히 반발했으리라.

그렇지만 지금은 달랐다.

김대희와 강만호가 스스로 경기에서 빠지겠다고 선언했으니, 다른 선수들도 어떤 불만을 품을 수 없었다. 즉, 두 선수의 라인업 배제에 대한 최소한의 명분을 쌓은 셈이었다.

'자, 이젠 네 몫이다!'

여기까지가 감독인 이철승이 할 수 있는 부분이었다. 나머지 부분은 김태식과 용덕수에게 달려 있었다.

끄덕!

"감독님이 걱정하는 부분이 무엇인지 잘 알고 있습니다.

미리 약속드렸던 대로 남은 부분은 제가 잘 헤쳐 나갈 테니 걱정하지 마십시오."

김태식이 이런 의미가 담긴 얕은 고갯짓을 한 후, 경기에 출전할 준비를 시작했다.

11. 존재감

0 : 7.

스코어는 여전히 그대로였다. 그렇지만 7회 말에 접어들며 일방적이던 경기의 분위기가 조금씩 바뀌기 시작했다.

분위기 반전의 시발점이 된 것은 2번 타자 임현일이었다.

6이닝 무실점의 호투를 남기고 내려간 최연성의 뒤를 이어 마운드에 올라온 바뀐 투수 조훈현과의 첫 대결에서 임현일은 8구까지 가는 긴 승부 끝에 깔끔한 좌전 안타를 만들어냈다.

3번 타자 최순규가 볼넷을 얻어내서 연속 출루가 이뤄진 상황에서 등장한 4번 타자 이명기는 제 몫을 해냈다.

따악!

3루수와 유격수 사이를 꿰뚫는 잘 맞은 좌전 안타를 터뜨리며 무사 만루의 찬스를 만들어냈다.

와아!

와아아!

무사 만루의 찬스에서 태식이 타석으로 들어선 순간, 팬들의 환호성이 터져 나왔다.

'상황이… 반대가 됐군!'

팬들의 환호성이 귓가로 파고든 순간, 태식이 희미한 웃음을 머금었다.

불과 얼마 전까지만 해도 태식이 타석에 들어설 때마다 팬들의 야유가 쏟아졌었다. 반면 김대희가 타석에 들어설 때는 팬들의 환호가 쏟아졌었고.

그런데 지금은 상황이 백팔십도 바뀌었다.

김대희가 타석에 들어설 때마다 야유가 쏟아지는 반면, 태식이 타석에 들어서자 환호성이 터져 나왔다.

기대감!

지금 환호를 쏟아내고 있는 팬들이 자신에게 원하고 있는 것이 무엇인지 모를 태식이 아니었다.

'이 기대를 충족시켜 줘야지!'

태식이 배트를 움켜쥔 양손에 힘을 더했다.

복잡하게 생각할 것이 없는 상황.

타석에 들어선 태식은 서두르지 않고 침착하게 대응했다.

무사 만루, 게다가 마운드에 올라온 후 단 하나의 아웃 카운트도 잡아내지 못하고 있는 조훈현은 흔들리는 상황이었다.

서두를 이유가 하나도 없었다.

"볼!"

"볼!"

조훈현이 잇따라 두 개의 유인구를 던졌지만, 태식은 잘 참아냈다. 그리고 볼카운트가 유리하게 바뀐 순간, 태식이 두 눈을 빛냈다.

'승부!'

투 볼 노 스트라이크의 볼카운트.

누상이 꽉 차 있는 만큼 밀어내기 볼넷을 의식하지 않을 수 없는 상황이었다. 그런 만큼 조훈현으로서는 무조건 스트라이크를 던져야 하는 타이밍이었다.

따악!

태식의 예상대로였다.

스트라이크존을 통과하는 밋밋한 슬라이더가 날아든 순간, 태식이 망설이지 않고 배트를 휘둘렀다.

깔끔한 우전 안타로 연결되면서, 3루 주자가 여유 있게 홈으로 들어왔다.

1 : 7.

마침내 심원 패롯스가 첫 득점을 올렸다.

워낙 배트 중심에 잘 맞은 터라 타구 속도가 매우 빨라서 2루 주자까지 홈으로 불러들이지 못한 것이 내심 아쉬웠다.

그렇지만 태식은 이내 그 아쉬움을 털어냈다.

여전히 무사 만루의 찬스가 이어지고 있는 상황.

"이제 덕수를 믿어야지!"

1루 베이스 위에 올라선 태식이 대기 타석으로 향하고 있는 용덕수를 바라보았다.

"스트라이크아웃!"

6번 타자 조용기는 바뀐 투수인 박진경의 유인구에 속아 헛스윙 삼진으로 허무하게 물러났다.

추격의 흐름이 끊겼다고 판단한 걸까.

팬들의 표정에는 아쉬움이 묻어났다.

태식 역시 못내 아쉬운 마음이 드는 것은 마찬가지였다. 그렇지만 크게 실망하지는 않았다.

그 이유는 둘.

하나는 조용기에게 기대가 딱히 없었기 때문이었고, 또 하나는 다음 타석에 들어서는 것이 용덕수였기 때문이다.

주전 포수로 출전하던 당시, 용덕수의 타순은 줄곧 9번이었다. 그렇지만 오늘은 경기 도중 강만호를 대신해서 출전했기에 7번 타순에 포진해 있었다.

"하나 때려내라."

태식이 작게 중얼거렸다.

7번 타순과 9번 타순은 많이 달랐다.

만약 용덕수가 평소대로 9번 타순에 포진해 있었다면?

절호의 만루 찬스가 용덕수에게까지 이어지지 않았을 가능성이 높았다. 그렇지만 7번 타순에 포진해 있었기 때문에 1사 만루의 찬스에서 타석에 들어설 수 있었다.

"널 믿었기 때문에 아까 타석에서의 승부가 한결 쉬웠어!"

태식이 작게 혼잣말을 꺼냈다.

심원 패롯스 타선의 가장 큰 문제는 상하위 타선의 불균형!

특히 하위 타선의 부진은 심각했다.

6번부터 8번 타순에 포진한 타자들은 찬스에서 범타 혹은 삼진으로 물러나며 공격의 맥을 끊어내기 일쑤였다.

'만약 덕수가 9번 타순이었다면?'

그랬다면 지난 타석에서 태식의 승부 양상은 또 달라졌을 것이었다.

'무조건 내가 해결해야 한다!'

지난 타석에서 이런 마음가짐으로 임할 수밖에 없었다.

그런 마음으로 타석에 임했다면 자신도 모르는 사이 서둘렀으리라. 그리고 좋지 않은 결과가 나왔을지도 몰랐다.

그렇지만 지난 타석에서 태식의 제1목표는 해결사가 되는 것이 아니라, 찬스를 계속 이어나가는 것이었다. 그래서 힘을 빼고 가볍게 스윙을 가져간 덕분에 타석에서 좋은 결과를 얻을 수 있었던 것이었다.

"존재감을 드러내!"

자주 찾아오지 않는 기회.

태식이 내심 응원하며 용덕수를 주시했다.

부웅

부우웅.

용덕수는 원 바운드로 들어오는 유인구에 속아서 잇따라 헛스윙을 했다.

노 볼 투 스트라이크.

순식간에 불리한 볼카운트에 몰려 버린 용덕수를 보며 태식이 눈살을 찌푸렸다.

실전 감각이 떨어진 걸까? 아니면, 오랜만의 경기 출전에서 뭔가를 보여주어야겠다는 의욕이 너무 과한 걸까?

용덕수는 타석에서 지나치게 서두르고 있었다.

'욕심이 너무 커!'

용덕수의 심리 상태를 재빨리 캐치한 태식이 양손을 가슴까지 끌어 올렸다가 천천히 아래로 내렸다.

"서두르지 말고 침착해라!"

이런 의미가 담긴 제스처.

그 제스처가 효과를 발한 걸까.

살짝 고개를 끄덕인 용덕수는 유인구에 속지 않고 바뀐 투수 박진경과의 승부에 침착하게 임하기 시작했다.

어느덧 풀카운트로 바뀐 순간, 태식이 리드폭을 늘렸다.

따악!

밀어내기 볼넷을 허용하지 않기 위해서 스트라이크존을 통과하는 커브가 들어온 순간, 용덕수의 배트가 매섭게 돌아갔다.

배트 중심에 잘 맞은 타구!

우익수가 포구 지점을 예측하고서 빙글 몸을 돌려 열심히 쫓아갔지만, 큰 타구는 우익수의 키를 넘기고 떨어졌다.

타구가 펜스 앞까지 굴러가는 사이, 태식이 전력 질주를 하며 홈으로 파고들었다.

"세이프!"

주심이 세이프를 선언한 순간, 태식이 몸을 일으키며 고개를 돌려 타자 주자인 용덕수를 찾았다.

홈에서 아슬아슬한 승부가 벌어지는 사이, 용덕수는 포수 치고는 빠른 발을 뽐내며 어느새 3루에 안착해 있었다.

1사 만루 상황에서 터진 싹쓸이 3타점 3루타!

두 주먹을 불끈 움켜쥔 용덕수가 어퍼컷 세리머니를 펼치는 것을 바라보며 태식이 환하게 웃었다.

4 : 7.

7회 말에 접어들기 전만 해도 7점차였던 스코어는 금세 3점차로 줄어들어 있었다.

이제는 추격의 가시권에 들어온 상황!

와아!

와아아!

귀를 찌르는 팬들의 환호성을 들으며 태식이 더그아웃으로 돌아왔다.

따악!

9회 말의 선두 타자인 이명기가 배트를 내던지고 천천히 1루로 뛰어나가며 타구의 궤적을 눈으로 좇았다.

좌익수가 펜스 앞까지 쫓아가서 풀쩍 뛰어오르면서 글러브를 쭉 내밀었시만, 타구를 잡아내기에는 역부속이었다.

타구가 펜스를 살짝 넘긴 것을 확인한 이명기가 양손을 위로 들어 올려 포효하면서 그라운드를 돌기 시작했다.

6 : 7.

이명기의 솔로 홈런으로 이제는 턱밑까지 추격한 상황.

와아!

와아아!

기어이 역전을 만들어낼지도 모른다는 기대에 물든 팬들이 내지르는 환호성으로 그라운드는 한껏 뜨겁게 달아올랐다.

경기 분위기가 심상치 않음을 느낀 걸까.

청우 로얄스의 박성근 감독이 타임을 요청하고 마운드로 걸어 올라왔다.

"투수 교체?"

태식의 예상대로였다.

이명기의 솔로 홈런으로 점수가 1점차로 줄어들자, 박성근 감독은 팀의 마무리 투수인 임진묵을 마운드에 올렸다.

"승부처!"

태식이 두 눈을 빛내며 타석으로 천천히 들어섰다.

추격 흐름을 타면서 그라운드의 분위기가 한껏 달아올라 있는 상황.

자신과 임진묵의 첫 맞대결 결과가 흐름상 무척 중요했다.

가장 좋은 결과는 장타를 뽑아내는 것이었다. 그러나 태식은 일찌감치 욕심을 버리고 타석에 임했다.

'출루하는 것이 더 중요해!'

이 추격의 흐름을 이어나가기 위해서는 일단 출루하는 것이 가장 중요하다고 판단했기 때문이다.

풀카운트까지 이어진 승부!

임진묵이 선택한 승부구는 싱커였다.

스트라이크존에 살짝 걸치면서 몸 쪽 낮은 코스로 파고든 싱커는 위력적이었다.

'낮았어!'

조금 낮았다고 판단한 태식은 배트를 내밀지 않고 참아냈다. 그리고 주심의 생각도 태식과 다르지 않았다.

"볼넷!"

몸 쪽 꽉 찬 코스로 들어온 싱커를 주심은 스트라이크로 잡아주지 않았다.

"통과했잖아요!"

임진묵이 아쉬움을 감추지 못하고 주심에게 항의했다. 그러나 이미 늦은 상황이었다.

스트라이크와 볼 판정은 주심의 고유 권한.

한 번 내려진 판정은 절대 바뀌지 않았다.

1루를 향해 걸어가던 태식이 판정에 불만이 있는 듯 지그시 입술을 깨물고 있는 임진묵을 힐끗 바라보았다.

임진묵이 방금 주심이 내린 볼 판정에 불만을 드러내고 있는 것이 이해가 가지 않는 것은 아니었다.

그가 던진 싱커는 분명히 스트라이크존을 살짝 걸쳤으니까.

그러나 임진묵이 한 가지 간과한 것이 있었다.

바로 오늘 경기 주심의 성향이었다.

'몸 쪽 낮은 코스는 쭉 외면했어!'

아까 태식이 배트를 내밀지 않고 기다린 이유!

오늘 경기 주심의 성향을 미리 파악했기 때문이다.

주심은 바깥쪽 코스에는 스트라이크 콜이 후한 반면, 몸 쪽 코스, 특히 몸 쪽 낮은 코스로 들어오는 공은 경기 내내 철저히 외면했다.

이번도 마찬가지였다.

"일단 기회는 만들었어!"

태식이 볼넷으로 출루에 성공하면서 동점 내지 역전의 기회는 만들어진 셈이었다.

'번트!'

9회 말 무사 1루 상황에서 이철승 감독이 선택한 작전은 희생번트였다.

일단 동점을 만들겠다는 의지를 피력한 것이었다.

틱. 데구르르.

타다다닷.

6번 타자 조용기가 이번에는 자신에게 주어진 임무를 완수했다.

희생번트가 성공하면서 상황은 1사 2루로 바뀌었다.

그 순간, 타석으로 용덕수가 들어섰다.

2루 베이스 위에 올라선 태식이 기대에 찬 시선으로 용덕수를 바라보았다.

경기 초반 대량 실점을 허용하면서 7점차로 벌어졌을 때만 해도, 오늘 경기를 역전하는 것은 불가능해 보였다.

그러나 상황은 급변해 있었다.

6 : 7.

어느덧 한 점차까지 추격했고, 이제는 안타 하나만 터져도 2루 주자인 태식을 홈으로 불러들여 동점을 만드는 것이 가능해진 상태였다.

"영웅이 될 수도 있어!"

용덕수를 바라보던 태식이 두 눈을 빛냈다.

지난 타석에서 추격의 불씨를 지피는 3타점 적시타를 때려냈던 용덕수였다. 그런데 이번 타석에서 기어이 동점을 만들어내는 적시타를 추가한다면, 팬들에게 강렬한 인상을 남기는 것은 물론이고 영웅이 될 수도 있는 상황이었다.

"잘해라!"

태식이 작게 중얼거렸다. 그리고 용덕수도 지금 상황을 명확히 인지하고 있었다.

　의욕이 충만한 것을 넘어 비장하기까지 한 표정이 그 증거였다.

　'한 발 더!'

　만약 짧은 안타가 터진다면 홈에서의 승부는 박빙이 될 확률이 높았다. 해서 신중하게 리드폭을 늘리던 태식의 표정이 곧 일그러졌다.

12. 불균형

'왜?'

갑자기 자리에서 일어나는 포수가 보였다. 홈 플레이트를 훌쩍 벗어난 곳에서 임진묵의 공을 받아내는 포수를 확인하고 나서야 태식은 지금 벌어지고 있는 상황을 비로소 이해할 수 있었다.

'고의… 사구?'

용덕수를 고의 사구로 거를 줄이야.

이건 전혀 예상치 못했던 선택이었다.

박성근 감독이 내린 선택으로 인해 당황한 것은 태식만이 아니었다. 비장한 각오를 다지며 타석에 들어섰던 용덕수도, 더그아웃에 앉아서 경기를 지켜보고 있던 이철승 감독도 당황한 것은 마찬가지였다.

'대체 왜 이런 위험한 선택을 내렸을까?'

리드폭을 늘리기 위해서 애쓰는 대신, 태식이 임진묵의 등을 바라보며 생각에 잠겼다.

용덕수를 누상에 내보내면 역전 주자가 되는 셈이었다.

'자칫 잘못해서 후속 타자에게 장타를 허용한다면?'

태식은 물론이고 1루 주자인 용덕수까지 득점을 올려서 경기에서 패할지도 모르는 위험한 선택이었다.

"볼넷!"

박성근 감독이 이런 위험성에 대해 모를까.

그럴 가능성은 낮았다. 그럼에도 불구하고 이런 위험한 선택을 내린 이유에 대해 고민하던 태식은 용덕수가 1루 베이스에 도착했을 무렵에야 이유를 알아챌 수 있었다.

"약점을… 간파했어!"

상하위 타선의 불균형!

찬스에서 무기력하게 물러나는 하위 타선이 심원 패롯스 타선의 약점이었다. 그리고 박성근 감독은 이 약점을 간파했기에 이런 과감한 선택을 내린 것이었다.

8번 타자 임태규와 9번 타자 정명훈.

9회 말, 1사 1, 2루 상황에서 타석에 들어설 후속 타자들이었다.

임태규와 정명훈 모두 타율이 2할대 초반으로 낮았고, 득점권 타율은 1할대 중반에 불과하다는 공통점이 있었다.

"대타자도… 마땅치 않아!"

태식이 더그아웃 쪽으로 고개를 돌렸다.

이철승 감독이 곤혹스러운 표정을 짓고 있는 이유.

결정적인 승부처에서 임태규와 정명훈을 대신해서 내세울 믿을 수 있는 대타 요원이 없기 때문이었다.

그래서일까.

대타 요원이 아닌 임태규가 타석으로 들어섰다. 그리고 승부는 길지 않았다.

딱!

원 볼 원 스트라이크 상황에서 임태규는 임진묵이 던진 3구째 싱커를 받아쳤다.

유격수 앞으로 굴러가는 평범한 내야 땅볼.

쐐애액!

1루 주자였던 용덕수가 필사적으로 슬라이딩을 하며 송구를 방해하기 위해 애썼지만, 역부족이었다.

"아웃!"

임태규의 타구는 6―4―3으로 이어지는 병살타로 연결되면서 마지막 순간까지 치열했던 경기는 허무하게 종료됐다.

*   *   *

패배가 아쉽다.

모든 경기의 패배가 아쉽기는 하지만, 오늘 경기의 패배는 더욱 아쉽게 다가왔다.

그 이유는 충분히 뒤집을 수 있는 경기였기 때문이다.

"흐름은 충분히 탔어!"

야구는 흐름과 분위기에 의해 좌우되는 경기.

경기 초반에 대량 실점을 허용하면서 패배의 암운이 드리웠던 경기의 분위기는 김대희와 강만호를 대신해서 태식과 용덕수가 투입되며 반전됐다.

7점차에서 1점차까지 좁히며 청우 로얄스를 끝까지 강하게 압박했다.

그러나 딱 거기까지였다.

안타 하나면 동점 내지 역전을 만들 수 있는 마지막 찬스가 9회 말에 찾아왔지만, 8번 타자 임태규의 병살타가 나오면서 경기에서 패하고 말았다.

〈아쉬운 패배. 심원 패롯스의 명과 암이 고스란히 드러나다〉

태식이 손을 뻗어 태블릿 PC를 들어 올렸다. 그리고 아까 용덕수가 띄워놓은 태블릿 PC 속 기사를 읽기 시작했다.

올스타 브레이크가 시작되는 시점.

마지막 경기에서도 아쉽게 패하며 한 단계 순위가 더 하락해 결국 리그 9위로 전반기를 마감한 심원 패롯스에 대한 기사였다.

"정확하게 꿰뚫어 보았어!"

이 기사를 작성한 기자는 송나영이 아니었다.

기사를 작성한 이동희라는 기자의 이름은 낯설었다.

"송 기자가 작성한 기사의 역할이 컸어."

태식이 희미한 웃음을 머금었다.

<김대희와 강만호의 복귀. 심원 패롯스에게 독배가 된 것이 아닐까>

얼마 전 송나영이 작성했던 기사.

이 기사가 일으킨 반향은 꽤 컸다.

심원 패롯스 팬들은 물론이고 야구팬들 모두 핵심을 찌르는 사이다 기사라고 칭찬하며 화제가 됐다. 덕분에 이동희라는 기자도 김대희와 강만호에 대한 비판적인 기사를 후속으로 낼 수 있었던 것이었다.

그리고 태식이 감탄한 이유는 이 기사가 현재 심원 패롯스가 처한 현실과 문제점을 정확하게 지적하고 있었기 때문이다.

상하위 타선의 불균형!

실전 감각이 떨어진 강만호와 긴 슬럼프에 빠져서 심원 패롯스의 플러스 요인이 아닌 마이너스 요인으로 변해 버린 김대희의 현 상황!

대타 요원조차 마땅치 않은 빈약한 타선!

실책을 쏟아내는 불안한 수비까지.

기사에서 지적한 심원 패롯스의 문제점들이었다.

마치 팀 내부 사정을 잘 아는 관계자처럼 객관적이면서도 정확하게 문제점들을 분석한 기사였다.

"아쉽네!"

감탄하며 기사를 읽어 내려가던 태식이 입맛을 다셨다.

이 기사에서 유일하게 아쉬운 부분은 해결책이었다.

즉, 심원 패롯스가 안고 있는 문제점들만 나열했을 뿐, 해결 방안까지는 제시하지 않았다는 점이었다.

"하긴… 그것까지 기자의 몫은 아니지!"

태식이 쓴웃음을 머금었다.

기자의 역할은 심원 패롯스가 처해 있는 현실과 문제점을 정확한 시각으로 꿰뚫어 보는 것까지였다. 그 문제를 해결할

방법을 찾는 것은 심원 패롯스의 감독인 이철승과 소속 선수
들에게 주어진 몫이었다.

"형, 그 기사 보셨어요?"

방으로 돌아온 용덕수가 태블릿 PC를 손에 들고 있는 태식
을 발견하고 물었다.

"잘 썼네."

"그러니까요. 우리 팀에 해결해야 할 문제가 참 많네요."

"그래도 다행이야."

"다행이라고요?"

이 기사대로라면 지금 심원 패롯스에 문제들이 산적해 있
는 상황이다. 그런데 대체 무엇이 다행이란 것이냐?

용덕수는 전혀 이해할 수 없다는 표정을 짓고 있었다.

"적어도 문제가 무엇인지 모르는 것보다는 나으니까."

"그렇지만……."

"문제를 알았으니 하나씩 해결하면 돼."

태식이 덧붙인 말을 들은 용덕수가 수긍한다는 듯 희미하
게 고개를 끄덕였다. 그렇지만 표정이 밝아지지는 않았다.

이동희 기자가 기사를 통해서 지적한 팀의 문제점들을 해
결하는 것이 결코 쉽지 않다는 사실을 알고 있기 때문이었다.

"과연 말처럼 쉬울까요?"

한숨을 폭 내쉬고 있었지만, 용덕수의 낯빛은 그리 어둡지

않았다. 그리고 태식은 그 이유를 짐작했다.

강만호의 부상 복귀 후에 경기에 나서지 못하다가, 전반기 마지막 경기에 출전한 덕분이었다.

더구나 그저 경기에 출전한 것이 다가 아니었다.

추격의 불씨를 지피는 3타점 적시 3루타도 때려냈었다.

어쩌면 용덕수는 그 경기의 활약을 통해서 다시 주전 복귀에 대한 희망을 엿보았을지도 몰랐다.

'비록 패하긴 했지만, 소득이 아주 없지는 않았어!'

태식이 고소를 머금었다.

이미 청우 로얄스와의 3연전을 버리기로 작정했던 상황.

그럼에도 불구하고 3연전 마지막 경기에서의 패배는 못내 아쉬웠다.

현재 리그 9위까지 처진 심원 패롯스 입장에서는 한 경기, 한 경기의 승패가 모두 중요했기 때문이다. 그나마 다행인 것은 비록 아쉽게 경기에서 패했지만, 나름대로 얻은 소득이 있었다는 점이었다.

가장 큰 소득은 팀원들에게 명분을 쌓았다는 점이었다.

만약 김대희와 강만호가 부진하다는 이유로 이철승 감독이 임의로 두 선수를 라인업에서 배제했다면?

선수들 사이에서 불만이 터져 나왔을 터였다.

그러나 이제는 상황이 달라졌다.

팀원들 앞에서 김대희와 강만호가 스스로 경기에서 빠지겠다고 선언한 상황이니, 불만이 생길 수 없었다.

 즉, 심원 패롯스의 불안 요소였던 강만호와 김대희를 라인업에서 배제하기 위한 합리적인 명분을 쌓은 셈이었다.

 또 하나의 소득은 강만호와 김대희를 대신해서 경기 중반에 투입됐던 태식과 용덕수가 맹활약을 했다는 것이었다.

 태식과 용덕수의 투입 이전과 이후.

 심원 패롯스의 경기력은 극명하게 대비가 됐다.

 한 경기를 치르는 과정에서 이루어진 대비였기에 더욱 차이가 크게 드러났다.

 '처음 계획을 바꾼 이유, 바로 이것 때문이었어!'

 애초에 태식이 이철승 감독에게 부탁한 것은 청우 로얄스와의 3연전에 모두 출전시키지 말아달라는 것이었다. 그러나 청우 로얄스와의 3연전 마지막 경기가 펼쳐지던 도중에 태식은 마음을 바꾸었다.

 "감독님, 상황이 조금 바뀌었습니다. 오늘 경기에 출전해야겠습니다."

 우우.

 우우우!

홈 팬들이 잠시도 쉬지 않고 거센 야유를 쏟아낼 정도로 심원 패롯스의 경기력은 형편없었다. 그것이 태식이 도중에 마음을 바꾼 이유였다.

　만약 경기 도중에 교체로 출전한 태식과 용덕수가 맹활약을 펼쳐서 일방적이던 경기의 흐름을 바꾸는 데 성공한다면?

　가장 극명한 대비 효과를 낼 수 있다고 태식은 판단했다. 그리고 태식은 교체로 투입돼서 경기의 흐름을 바꿔놓을 자신이 있었다.

　최선은 힘들어 보였던 경기를 뒤집어서 승리를 거두는 것!

　그러나 아쉽게도 역전승을 거두는 데는 간발의 차이로 실패했다. 대신 7점차로 뒤지던 경기를 한 점차로 좁히며 턱밑까지 추격하는 데는 성공했다.

　즉, 태식과 용덕수가 투입된 이후 극명하게 달라진 경기력을 보이도록 만드는 데 성공한 셈이었다.

　"형."

　"왜?"

　"기사에 달린 댓글들은 보셨어요?"

　"댓글? 아직 안 봤는데."

　"얼른 확인해 보세요."

　용덕수의 재촉을 받으며 태식이 기사 아래 달린 댓글들을 살폈다.

—김대희랑 강만호는 앞으로 푹 쉬자.

—연봉 절반 떼서 김태식이랑 용덕수한테 나눠줘라.

—이철승 감독이 트레이드를 한 데는 다 이유가 있었음.

—이철승 감독님이 혹시 내 댓글을 보시려나? 어쨌든 트레이드할 때 이철승 감독님 눈깔이 삐었다고 욕했던 것 사과드립니다.

송나영이 작성한 기사에 달렸던 댓글들과 반응은 비슷한 편이었다, 그러나 분명한 차이가 있었다.

그 차이는 바로 비율.

송나영의 기사 아래에는 강만호와 김대희를 옹호하는 댓글들이 4할가량이었다. 그러나 지금은 두 선수를 옹호하는 댓글들이 채 1할도 되지 않았다.

강만호와 김대희를 비난하는 댓글 비율이 압도적이었다.

"팬들은 확실히 돌아섰네."

그 댓글들을 확인한 태식이 입을 뗐다.

지난 경기에서 태식과 용덕수의 맹활약이 팬들의 마음도 돌아서도록 만든 것이었다.

"이제 남은 건 하나뿐이로군."

쓰리 트랙!

심원 패롯스의 불안 요소였던 강만호와 김대희를 해결하기 위해서 태식은 세 가지 루트로 접근했다.

팬들과 팀원, 그리고 프런트.

이제 충분히 명분을 쌓은 덕분에 팬들과 팀원들의 반발은 무마할 수 있는 상황으로 접어든 셈이었다.

남은 것은 프런트의 반발.

태식이 생각의 정리를 마쳤을 때, 용덕수가 물었다.

"이제 뭘 하실 겁니까?"

"응?"

"올스타 브레이크가 시작됐으니까 이제 진짜 휴가 아닙니까? 그동안 뭘 하실 생각이시냐고요?"

그 질문을 받은 태식이 당연하다는 듯이 대답했다.

"훈련해야지."

13. 야구를 못해서야

"자, 한 잔 더 받으세요."

강만호의 재촉을 받은 김대희가 술잔을 앞으로 내밀었다.

쪼르륵.

하얀 사기잔에 박색의 술이 채워지자마자, 김대희가 단숨에
비웠다.

'쓰다!'

늘 마시던 똑같은 술이었는데.

오늘따라 유난히 술이 쓰게 느껴졌다. 그 이유에 대해 고심
하던 김대희의 미간이 이내 찌푸려졌다.

"김대희! 더 뛸 수 있겠어? 솔직히 말해봐. 더 뛸 자신 있어? 두렵지? 경기에 나서는 것. 두렵잖아?

"두렵습니다."

"그럼 빠져."

"네?"

"어차피 기울어진 경기야. 자신감부터 회복해."

지난 경기 도중에 더그아웃에서 오갔던 이철승 감독과의 대화.

당시 김대희의 머릿속은 도망치고 싶다는 생각으로 온통 들어차 있었다. 그래서 엉겁결에 두렵다고 솔직히 대답해 버렸었는데.

시간이 흐른 지금 돌이켜 생각해 보니, 그렇게 대답했던 자신이 한심하기 짝이 없게 느껴졌다.

경기에 나서는 것이 두려워진 프로야구 선수라니.

너무 부끄러워서 쥐구멍이라도 있으면 숨어버리고 싶었다.

드르륵.

그때, 룸의 문이 열리는 소리가 들렸다.

문소리가 들린 방향으로 고개를 돌린 김대희의 눈에 40대 중반 정도로 보이는 양복을 입은 남자가 당황한 채 서 있는 것이 보였다.

아마도 술에 취해 방을 잘못 들어왔으리라.

일면식도 없는 낯선 얼굴.

잠시 후, 김대희와 강만식을 알아봤는지 당황했던 그 사람의 눈이 커졌다.

그러나 김대희는 당황하지 않았다.

'어떻게 할까?'

평소라면 군말 없이 사인이나 사진 촬영 요청이 들어오더라도 흔쾌히 응해주었을 것이다.

그러나 오늘은 기분이 비참했다. 그래서 중년 남성 팬의 사인 요청이 들어오면 거절하기로 막 결심했을 때였다.

"야, 이 자식들아! 지금 여기 앉아서 술이나 퍼마시고 있을 때야?"

"……."

"……."

"쪽팔리지도 않아? 경기를 그따위로 했으면 밤새워 죽어라 훈련을 해도 모자랄 판인데 술판이나 벌이고 있어? 너희들이 그러고도 프로 선수라고 할 수 있어? 에이, 진짜 한심한 새끼들!"

탁!

반박하거나 제지를 할 기회조차 없었다.

취기가 잔뜩 오른 중년 남성은 삿대질을 하면서 한껏 비난을 퍼부은 후, 문을 쾅 닫고 떠나 버렸다.

"뭐야? 가뜩이나 기분도 더러워 죽겠는데!"

강만호가 뒤늦게 인상을 구겼다.

"야구 선수는 술 먹지 말라는 법이라도 있나? 지도 술 마신 주제에 누구한테 훈계야. 훈계가."

강만호의 말은 틀리지 않았다.

야구 선수가 술을 먹지 말라는 법은 없었다. 그래서 오프 시즌은 물론이고, 시즌 중에도 가끔씩 술을 마셨다. 더구나 올스타 브레이크가 시작되면서 한동안 경기가 없는 실질적인 휴가 기간이었다.

그러니 술을 마신다고 해도 크게 문제가 될 것은 없었다. 그리고 그동안 술을 마실 때 이런 황당한 경험을 해본 적은 없었다.

어쩌다 선수들이 술을 마시는 광경을 목격해도 그러려니 하고 넘기거나 오히려 사인 요청을 하는 것이 대부분이었는데.

"진짜 기분 더럽네."

투덜거리면서 술병을 들어 앞에 놓인 자신의 잔을 채우는 강만호를 바라보던 김대회가 작게 중얼거렸다.

"야구를 못해서야."

"네? 방금 뭐라고 하셨어요?"

"야구를 못해서 이런 더러운 경우를 겪는 거라고."

팀의 성적이나 개인 성적이 좋았을 때는 김대희와 강만호가 밤새 술을 마셔도 비난하는 사람이 아무도 없었다.

그런데 지금은 상황이 달라졌다.

그 이유는 하나!

심원 패롯스의 성적은 물론이고, 김대희와 강만호의 개인 성적도 형편없을 정도로 엉망이었기 때문이다.

"일부러 못하고 싶은 선수가 어디 있습니까?"

"……"

"내 맘대로 안 되는 게 야구인데."

강만호가 변명처럼 꺼낸 말을 들은 김대희가 고개를 끄덕였다.

야구를 못하고 싶은 프로야구 선수는 세상에 없다. 그렇지만 야구는 마음처럼 되는 것이 아니었다.

"자, 받으세요. 기분도 더러운데 오늘은 코가 삐뚤어질 때까지 마시는 겁니다."

강만호가 술병을 들며 술을 권했다. 무심코 빈 사기잔을 들어 올렸던 김대희가 도중에 흠칫하며 내려놓았다.

"왜 그러세요?"

"난 그만 마셔야겠다."

"갑자기 왜요? 속이 안 좋으세요?"

"그게 아니라… 아까 들었던 말이 옳은 것 같아서."

"……?"

"야구도 못하면서 술판을 벌이고 있는 건 아닌 것 같다. 명색이 프로 선수인데… 이건 아닌 것 같아."

김대희가 벌떡 일어났다.

"선배, 선배!"

당황한 기색으로 자신을 부르고 있는 강만호의 외침을 무시한 채 김대희가 일식집을 빠져나왔다.

시원한 밤공기가 뺨에 닿은 순간, 정신이 번쩍 드는 느낌이었다.

"택시!"

도로변 쪽으로 걸어 나온 김대희가 택시에 올라탔다.

숙소 앞에 도착한 김대희가 택시에서 내렸다.

술을 몇 잔 마시기는 했지만, 취기는 전혀 오르지 않았다.

"잠이나 자자."

평소처럼 숙소로 향하던 김대희가 도중에 걸음을 멈추었다.

"야, 이 자식들아! 지금 여기 앉아서 술이나 퍼마시고 있을 때야? 쪽팔리지도 않아? 경기를 그따위로 했으면 밤새워 죽어라 훈련을 해도 모자랄 판인데 술판이나 벌이고 있어? 너희들이 그러고도 프로 선수라고 할 수 있어? 에이, 진짜 한심한 새끼들!"

일식집에서 불쑥 방문을 열고 찾아왔던 중년 남자가 삿대질을 하며 소리쳤던 것이 떠올랐기 때문이다.

예고도 없이 쏟아졌던 날선 비난을 들은 순간, 처음에는 기분이 상했다. 그렇지만 이내 가슴이 답답하게 변했다.

'틀린 말이… 하나도 없어!'

지난 경기에서 김대희와 강만호가 보여준 경기력은 엉망이었다. 아니, 올 시즌 내내 경기력이 좋았던 적이 거의 없었다.

심원 패롯스의 팬으로 추정되는 중년 남자의 화가 머리 꼭대기까지 치밀었던 것은 어쩌면 당연한 일이었다.

"한심하네!"

고개를 절레절레 흔들던 김대희가 숙소로 향하던 도중에 방향을 바꾸었다. 경기를 그따위로 했으면 술을 퍼마시지 말고 죽어라 훈련을 하라는 남자의 훈계가 자꾸 마음에 걸렸기 때문이다. 그래서 실내 훈련장으로 향하던 김대희가 걸음을 멈추었다.

'불이 켜져 있다!'

자정에 가까워진 늦은 시간.

전반기가 마감되면서 실질적인 휴가가 시작된 셈이었다. 그리고 이철승 감독도 사흘간 휴가를 보내라는 공식적인 지시를 내렸다.

그래서 당연히 훈련장에 아무도 없을 거라 여겼는데.

훈련장에는 불이 켜져 있었다.

'누굴까?'

호기심이 치밀었다. 그래서 훈련장의 문을 열고 안으로 들어섰던 김대희의 눈에 들어온 것은 두 선수였다.

김태식, 그리고 용덕수.

'왜?'

피칭머신을 상대로 구슬땀을 흘리며 훈련하고 있는 김태식과 용덕수를 확인한 김대희가 의아한 시선을 던졌다.

지난 경기에서 자신과 강만호를 대신해서 경기 도중에 투입됐던 김태식과 용덕수의 활약은 빼어났다.

일방적이던 경기의 흐름을 순식간에 바꿔놓았을 정도로.

그 경기만이 아니었다. 트레이드를 통해서 심원 패롯스로 합류한 후, 김태식과 용덕수의 활약은 뛰어났다.

'그런데 왜 훈련을 하고 있는 거지?'

두 눈을 가늘게 좁힌 채 훈련하는 모습을 지켜보던 김대희의 귓가에 얼마 전에 들었던 이야기가 되살아났다.

"가장 늦게까지 연습을 합니다. 거의 하루도 빼놓지 않고요. 끝내기 홈런을 날렸던 날에도 타격 훈련을 하더라니까요."

얼마 전에 후배인 정명훈이 혀를 내두르면서 꺼냈던 말.

당시에는 무심코 흘려들었다.

트레이드로 팀에 합류한 후에 이철승 감독의 눈에 들기 위해서 쇼를 하는 것이고, 머잖아 그만둘 거라고 여겼기 때문이다.

그런데 그 예상은 빗나갔다.

김태식과 용덕수는 이미 이철승 감독의 눈도장을 찍는 데 성공한 상황이었다. 그럼에도 불구하고 김태식과 용덕수는 그만두지 않고 매일 가장 늦은 시간까지 개인 훈련을 하고 있었다.

따악! 따악!

하아! 하아!

연습장 안은 쉬지 않고 흘러나오는 타격음과 가쁜 숨소리로 가득 차 있었다.

워낙 훈련에 열중하느라 자신이 들어선 것도 알아채지 못하던 용덕수가 무심코 고개를 돌렸다가 자신을 발견하고 놀란 표정을 지었다.

"어? 선배님!"

그제야 김태식도 배트를 내리고 고개를 돌렸다.

소매로 땀을 닦으며 앞으로 다가온 김태식이 물었다.

"여긴 웬일이야?"

김태식이 다짜고짜 꺼낸 반말이 낯설었다.

또, 이 상황이 낯선 것도 마찬가지였다.

그 이유에 대해서 고심하던 김대희는 한참 만에야 그 이유를 알아챘다.

'처음이군!'

김태식과 용덕수가 트레이드를 통해서 심원 패롯스에 합류한 지 꽤 시간이 흘렀다. 그렇지만 김태식과 얼굴을 마주하고 대화를 나눈 것은 이번이 처음이었고, 그래서 무척 낯설게 느껴지는 것이었다.

"불이 켜져 있어서… 한번 들어와 봤습니다."

김태식이 선배인 것은 부인할 수 없었다. 그래서 김대희가 존대하며 대답하자, 김태식이 웃으며 말했다.

"잘됐네."

'잘됐다고?'

대체 무슨 뜻일까?

말뜻을 제대로 알아듣지 못한 김대희가 두 눈을 좁힌 순간, 김태식이 덧붙였다.

"그렇지 않아도 한번 찾아가려고 했었거든."

'날… 찾아오려고 했었다고?'

김대희가 의아한 시선을 던졌다.

비록 같은 팀원인 데다가 잠재적 포지션 경쟁자라고 할 수 있는 김태식과 김대희였지만, 서로 얼굴을 마주하고 대화를 나누는 것이 이번이 처음일 정도로 그동안 서로 철저하게 외면했다.

앞으로도 계속 그런 관계를 유지할 생각이었는데.

김태식의 생각은 달랐다. 만약 이곳에서 만나지 않았다면, 먼저 찾아가려고 했다는 김태식의 말이 그 증거였다.

"왜 저를 찾아오려고 하셨습니까?"

"적당한 때가 된 것 같아서."

"……?"

"아무래도 이대로는 곤란하다는 생각도 들었고."

적당한 때가 된 것 같다는 말도, 이대로는 곤란하다는 말도 이해하기 어려웠다. 그래서 김대희가 눈살을 찌푸린 채 다시 물었다.

"뭐가 곤란하다는 겁니까?"

"우리 팀이."

"우리… 팀?"

"계속 이런 식이면 가을 야구 진출이 힘들어질 테니까."

김태식의 부연을 들은 김대희가 더욱 눈살을 찌푸렸다.

전반기가 마감된 시점에 심원 패롯스의 성적은 리그 9위.

현재 심원 패롯스의 상황이 좋지 않은 것은 사실이었다. 그러나 김대희가 못마땅한 기색을 드러낸 이유는 방금 김태식의 말속에 숨은 의미를 읽었기 때문이다.

심원 패롯스의 성적이 리그 9위에 처져 있는 것에는 너와 강만호의 부진이 커다란 역할을 했다. 후반기에 팀 성적이 반등해서 가을 야구에 진출하기 위해서는 지금 이대로는 어렵다. 그러니 너와 강만호가 알아서 경기에서 빠져라.

방금 김태식이 꺼낸 말속에 숨은 의미였다.

굴러온 돌이 박힌 돌을 빼낸다는 속담과 딱 어울리는 상황이었다.

'맘에 안 들어!'

김태식과 용덕수가 트레이드를 통해서 심원 패롯스에 합류한 지 채 2개월도 흐르지 않은 시점이었다.

김태식이 자신에게 이런 충고를 꺼내는 것부터 마음에 들지 않았다.

그간 자신과 강만호가 심원 패롯스를 위해서 한 것이 얼마나 많은가?

그런데 팀에 합류한 지 고작 2개월도 흐르지 않은 김태식이 팀을 위해서라는 미명하에 이런 충고를 꺼내는 것은 분명히 적절치 않다는 생각이 들었다.

"그렇게 주전이 되고 싶습니까?"

김대희가 불만 섞인 목소리로 질문한 순간, 김태식이 순순히 고개를 끄덕였다.

"그래."

"네?"

"남은 기회가 많지 않으니까."

"그렇지만……."

"그래서 힘들어도 훈련을 계속하는 거야."

김대희가 지그시 입술을 깨물었다. 하루도 빼놓지 않고 훈련에 매진하고 있는 김태식과 용덕수의 노력까지는 폄하할 수는 없었기 때문이다.

"하나만 묻자."

"말씀하시죠."

"날 경쟁자로 생각하고 있어?"

"그건……."

처음에는 김태식을 철저하게 무시하며 라이벌로 여기지 않았다. 그렇지만 이제는 상황이 많이 달라졌다.

김태식에게 밀려서 선발 라인업에서 제외되는 경우가 늘어나면서, 김태식이 잠재적 포지션 라이벌이라는 것을 부인하기 어려웠기 때문이다.

"그렇습니다."

해서 솔직하게 대답하자, 김태식이 희미하게 웃으며 말했다.

"그동안 헛수고를 한 건 아니었네."

"……?"

"그 대단한 김대회가 날 포지션 경쟁자라고 생각하기 시작한 걸 보니 말이야. 그런데 걱정할 필요 없어."

'걱정할 필요가 없다고?'

이건 또 무슨 뜻일까?

김대회가 이해할 수 없다는 표정을 짓고 있을 때, 김태식이 덧붙였다.

"이것 하나는 확실히 말할 수 있다. 나는 너를 포지션 경쟁자로 여기지 않아."

"그게 무슨 말씀입니까?"

"말 그대로야. 나는 다른 것을 목표로 하고 있으니까."

"······?"

"그러니까 대회 넌 지금 착각하고 있는 거야."

"착각을 하고 있다고요?"

김대회가 되물은 순간, 김태식이 대답했다.

"그래. 그것도 두 가지씩이나."

14. 착각

"잘됐네. 그렇지 않아도 한번 찾아가려고 했었거든."

이건 그냥 건네본 빈말이 아니었다.

만약 김대희가 훈련장으로 이렇게 찾아오지 않았다면, 태식이 먼저 그를 찾아가겠다고 결심했던 참이었다. 그 이유는 심원 패롯스의 후반기 반등을 위해서라도 더 늦어져서는 안 된다는 판단을 내렸기 때문이다.

어쨌든 지금 김대희의 표정에 떠올라 있는 감정은 불신이었다.

대체 내가 뭘 착각하고 있다는 것이냐? 또 무슨 궤변을 늘어놓으려고 하는 것이냐?

그 반응을 확인한 태식이 쓴웃음을 머금었다.

'반대의 상황이었다면?'

만약 태식이 김대희와 같은 입장이더라도 지금 자신이 꺼냈던 말들을 순순히 믿기 어려웠으리라.

그래서 태식이 서둘러 입을 열었다.

"첫 번째 착각은 내가 3루 수비를 원치 않는다는 거야."

"……?"

태식이 힘주어 말했지만, 김태식의 얼굴에 떠올라 있는 불신이라는 감정은 사라지지 않았다. 그렇지만 이건 엄연한 사실이었다.

마경 스왈로우스 소속이던 당시, 태식의 수비 포지션은 2루수였다. 그러나 트레이드를 앞두고 강상문 감독에게 부탁해서 3루수로 전향했다. 그리고 태식이 3루수로 수비 위치를 바꾼 진짜 이유는… 트레이드 때문이었다.

고육지책(苦肉之策)이라고 표현하면 될까?

당시 심원 패롯스의 불안 요소는 포수와 3루수 포지션이었고, 어떻게든 트레이드를 성사시키기 위해 선택했던 방법이었다.

'내가 진짜 원하는 포지션은… 따로 있어!'

이제 트레이드 성사라는 소기의 목적을 달성한 상황.

더 이상 3루수를 고집할 이유는 없었다. 실제로 태식이 진짜 원하는 수비 포지션이 따로 존재하기도 했고.

"그러니까 너와 나는 포지션 경쟁자가 아니라는 뜻이지."

"하지만……."

"내 말을 믿어."

"……."

"정말이니까."

자신을 바라보고 있는 김대희의 두 눈에는 여전히 의심이 깃들어 있었다.

아마 이 말을 곧이곧대로 믿기 어렵기 때문이리라.

마음 같아서는 속을 보여줘서라도 믿게 만들고 싶었다.

그렇지만 그리할 수는 없는 노릇.

현재로서는 진심이 담겨 있는 말로 김대희를 설득하는 것 외에 다른 방법은 없었다.

"아까 제가 두 가지 착각을 하고 있다고 하셨습니다."

"맞아."

"제가 착각하고 있는 나머지 하나는 뭡니까?"

김대희의 질문을 받은 태식이 대답했다.

"내가 심원 패롯스 소속 선수라는 거야."

"……?"

"비록 저니맨의 대명사로 이 팀 저 팀을 옮겨 다녔던 신세이긴 하지만, 나는 현재 심원 패롯스 소속 선수야. 그리고 나는 우리 팀에 애정을 갖고 있어. 심원 패롯스가 내 선수 인생의 종착지라는 생각을 갖고 있거든."

이 말을 순순히 믿어 줄까?

그건 아직 모르겠다. 그렇지만 지금 태식이 할 수 있는 것은 계속 진심을 전하는 것뿐이었다.

"그래서 우리 팀이 잘됐으면 좋겠어. 가을 야구에 진출하는 것은 물론이고, 기왕이면 우승을 차지했으면 하는 욕심도 갖고 있어."

"일단 알겠습니다."

"내 말을… 믿어줘서 고맙군."

태식의 표정이 조금 밝아졌을 때, 김대희가 다시 입을 뗐다.

"그렇지만 결국 결론은 마찬가지 아닙니까?"

"마찬가지라니?"

"현재 우리 팀의 상황이 어렵다. 우리 팀이 반등에 성공해서 가을 야구에 진출하기 위해서는, 또 우승을 차지하기 위해서는 부진에 빠진 저와 만호가 라인업에서 빠져야 한다. 이것이 선배님께서 말씀하시는 요지가 아닙니까?"

잔뜩 날이 서 있는 김대희의 질문을 받았지만, 태식은 당황하지 않고 대답했다.

"그거야."

"네?"

"그게 바로 네가 착각하고 있는 부분이라고."

"……."

"내가 원하는 건 그게 아니거든."

"대체 무슨 말씀이십니까?"

김대희가 참지 못하고 살짝 언성을 높인 순간, 태식이 대답했다.

"반대야."

"반대라고… 했습니까?"

"그래."

"뭐가 반대라는 겁니까?"

"우리 팀을 위해서는… 네가 필요하다."

"……?"

"좀 더 정확히 말하면 너와 만호가 부진에서 벗어나는 것이 필요해."

이런 전개는 예상치 못한 걸까.

태식이 잘라 말한 순간, 김대희는 둔기로 뒤통수를 한 대 얻어맞은 것처럼 멍한 표정을 짓고 있었다.

"진심… 이십니까?"

"그래. 아까부터 계속 진심이야. 우리 팀이 반등하기 위해서는 나와 덕수만으로는 한참 부족해. 너와 만호가 팀에 합류해서 활약을 해줘야 한다고 예전부터 생각하고 있었어."

"그렇지만······."

"아까도 말했지만 나는 심원 패롯스를 내 선수 생활의 마지막 팀이라고 생각하고 있다. 그리고 이 팀의 일원으로서 우승하고 싶다."

"······."

"내게 남은 시간. 이제 그리 길지 않아."

우리 팀을 위해서는 너와 만호가 부진에서 벗어나는 것이 꼭 필요하다.

심원 패롯스를 내 선수 생활의 마지막 팀이라고 생각한다.

또, 이 팀의 일원으로서 우승을 차지하고 싶다.

방금 태식이 건넸던 말은 모두 진심에서 우러나온 말들이었다.

유일한 거짓말은 마지막으로 건넸던 말뿐이었다.

태식의 나이는 서른일곱.

이미 선수로서 환갑이 지났다 해도 과언이 아니었고, 선수 생활의 종착점에 다다라 있다고 모두 판단하고 있었다. 그렇지만 태식은 앞으로도 야구를 오랫동안 할 계획을 갖고 있었다.

그럼에도 불구하고 이런 거짓말을 한 이유는··· 어떻게든 김대희에게 자신의 진심을 전하기 위해서였다.

다행히 이 방법은 효과가 있었다.

김대희의 표정에 떠올라 있는 불신이란 감정이 사라져 있는 것이 그 증거였다.

"저도 잘하고 싶습니다. 저를 위해서, 또 우리 팀을 위해서 어느 누구보다 야구를 잘하고 싶습니다. 그런데… 그런데……"

"부진에서 벗어날 방법을 모르겠다?"

"네."

답답한 표정을 짓고 있는 김대희의 시선을 피하지 않은 채 태식이 말했다.

"내가 알아."

"네?"

"부진에서 벗어날 수 있는 방법. 내가 알고 있다고."

순순히 믿기 힘든 걸까.

다시 불신 어린 표정을 짓고 있던 김대희가 한참 만에 입을 뗐다.

"그 방법이… 대체 뭡니까?"

태식이 망설이지 않고 대답했다.

"훈련하지 마!"

*　　　　*　　　　*

숙소로 돌아와 불을 끄고 누운 지 한참 시간이 지났지만, 용덕수는 쉬이 잠들지 못하고 이리저리 뒤척였다.

  부스럭거리는 소리로 인해 잠들지 못하던 태식이 결국 입을 뗐다.

  "덕수야."

  "네."

  "잠이 안 오냐?"

  "좀 그렇습니다."

  "피곤할 텐데 왜 잠이 안 와?"

  "그게… 궁금한 게 있어서요."

  "뭐가 궁금한데?"

  "아까 형이 대희 선배에게 하신 말씀이요. 왜 그런 말씀을 하신 겁니까?"

  "정확히 어떤 얘길 말하는 거야?"

  "마지막에 한 말씀이요."

  "마지막?"

  "대희 선배에게 훈련하지 말라고 하셨잖아요. 그 말씀이 아무리 고민해 봐도 잘 이해가 안 가서요."

  용덕수가 재빨리 덧붙인 말을 듣고서 태식이 희미하게 고개를 끄덕였다.

부진에서 벗어날 수 있는 방법이 대체 무엇이냐고 질문하던 김대희는 반신반의 하는 표정이었다.

아마 그 질문을 던진 이유는 지푸라기라도 잡고 싶은 심정이었기 때문이었으리라.

그리고 용덕수가 의아함을 품은 것은 어쩌면 당연했다.

"훈련하지 마!"

태식이 이렇게 답한 순간, 김대희도 황당한 표정을 지었었다.

말도 안 되는 소리라고 판단했기 때문이리라.

"반대잖습니까?"

"반대라니?"

"저한테 하신 말씀과 반대라는 겁니다. 죽어라 훈련해라. 저한테는 이렇게 강조하셨지 않습니까?"

"그랬지."

"그리고 형도 마찬가지 아닙니까? 무슨 일이 있어도 하루도 빼먹지 않고 훈련을 하시는 것. 그만큼 훈련을 중요하게 생각하시기 때문이 아닙니까?"

"맞아."

"그런데 왜 대희 선배한테는 그런 말씀을……."

열변을 토해내던 용덕수가 도중에 입을 다물었다. 그리고 의미심장한 웃음을 머금은 채 다시 입을 뗐다.

"아, 이제 알겠습니다."

"뭘 알았다는 거야?"

"형의 대희 선배에게 그 말을 던지신 이유 말입니다."

"뭔 것 같아?"

"미워서죠."

"응?"

"대희 선배가 밉상인 것은 사실 아닙니까? 명색이 주장인데 팀원들과 미팅 자리를 주선하기는커녕 저희를 왕따시키기 위해 나서기도 했고……. 그래서 이번 기회에 확실히 보내 버리기 위해서 그런 이상한 해법을 알려주신 것 아닙니까?"

태식이 쓰게 웃었다. 용덕수는 단단히 오해하고 있었다.

"덕수야."

"네."

"실망이다."

"뭐가요?"

"형이 그런 치사한 사람으로 보였어?"

"그게 아니라… 대희 선배가 워낙 밉상이었지 않습니까? 그리고 형이 알려주신 해법도 좀, 아니, 많이 이상했고."

용덕수가 살짝 당황한 기색으로 변명한 순간, 태식이 덧붙였다.

"달라."

"뭐가 다르다는 겁니까?"

"너와 나, 그리고 대희는 상황이 많이 달라."

"물론 다르기는 하죠."

용덕수가 입맛을 쩝 다셨다.

"프랜차이즈 스타인 대희 선배와 저희의 상황이 어떻게 똑 같겠습니까?"

"그런 뜻이 아냐."

"네? 그럼 뭐가 다르다는 겁니까?"

"넌 부상을 당한 적이 없잖아."

"그렇긴 한데."

"한번 부상을 당한 선수와 부상을 당하지 않은 선수는 완전히 달라. 그래서 넌 절대 대희가 처한 상황을 이해하지 못해. 하지만 난 알아. 예전에 부상을 당해본 적이 무척 많거든."

이것이 용덕수와 태식의 차이.

또, 태식이 용덕수와 김대희에게 전혀 다른 처방을 내린 이유이기도 했다. 그렇지만 용덕수는 이해한 기색이 아니었다.

어쩌면 당연한 반응.

잠시 뒤 용덕수가 고개를 갸웃하며 다시 입을 뗐다.

"그래도 이상한 건 마찬가지입니다."

"또 뭐가?"

"대희 선배도 프로 선수이지 않습니까? 그런데 훈련을 하지 말라고 하시면……."

"훈련을 아예 하지 말란 뜻은 아니었어."

"……?"

"훈련을 줄이라는 뜻이었지."

"네?"

태식이 희미하게 웃으며 덧붙였다.

"넌 알아듣지 못했지만, 대희는 아마 내 말을 알아들었을 거야."

"그렇지만……."

"아까도 말했지만 그게 너와 대희의 차이지."

비교를 당하고 기분이 좋은 사람은 없는 법.

볼을 부풀리고 있는 용덕수를 힐끗 살핀 태식이 말했다.

"이제 진짜 자자."

*   *   *

"약속 시간이 지났는데……."

한적한 도로변에 서 있던 태식이 주변을 두리번거렸다.

지수와 이곳에서 만나기로 약속을 했었다. 그렇지만 아무리 둘러봐도 지수의 모습은 보이지 않았다.

해서 태식이 주변을 살피던 것을 멈추고 휴대전화를 막 꺼냈을 때였다.

견인차가 태식이 서 있는 도로변으로 다가왔다. 검정색 고급 스포츠카를 견인해서 오던 견인차는 속도를 줄이더니 도로변에 멈추었다. 그리고 견인차에서 내린 기사는 검정색 스포츠카를 내버려 두고 그대로 떠나 버렸다.

빠앙!

잠시 뒤 경적을 울린 스포츠카 조수석의 창문이 내려왔다.

"타세요."

스포츠카 조수석에 앉아 있는 것이 까만색 선글라스를 쓴 지수임을 알아본 태식이 흠칫 놀라며 다가갔다.

"이 차는?"

"제 차예요."

"하지만……."

태식이 지수에게 의아한 시선을 던졌다.

일전에 만났을 때, 지수는 운전을 하는 것이 두렵다고 말했었다.

아버지가 교통사고로 생을 달리하신 데다가, 어머니도 교통사고를 당해서 병원 신세를 진 적이 있었기 때문에 트라우마가 생겼기 때문이리라.

"운전은 무서워서 못 한다고 했잖아요?"

"네, 여전히 무서워요. 그래서 이렇게 왔잖아요."

지수의 대답을 들은 태식이 황당한 표정을 지었다.

15. 마음의 준비

운전을 하는 것이 두려워서 견인차를 이용해서 여기까지 차를 끌고 왔다니.

"그럼 차는 왜 갖고 왔어요?"

"태식 씨는 운전할 수 있잖아요."

"그렇긴 하지만……."

"운전 좀 부탁해도 될까요?"

"하지만……."

"이 차, 꽤 비싼 차예요. 여기에다 차를 버리고 갈 순 없잖아요."

생긋 웃으며 지수가 말한 순간, 태식이 짤막한 한숨을 내쉬었다.

그녀의 말대로 도로 한가운데 스포츠카를 버리고 갈 수는 없는 노릇.

해서 태식이 운전석에 올라탔다.

"어디로 갈까요?"

"음. 아무 데나 상관없어요."

"그럼 진짜 제 마음대로 갑니다."

태식이 손에 들고 있던 상자를 뒷좌석에 내려놓은 후, 운전대를 잡았다.

부웅!

오랜만에 잡는 운전대였다. 그렇지만 전혀 어색하지 않았다.

액셀러레이터를 힘껏 밟으며 출발한 태식이 옆 좌석을 힐끗 살폈다.

두려운 걸까.

마른침을 꿀꺽 삼킨 후에 조수석 창문 위에 붙어 있는 손잡이를 꽉 움켜쥐고 있는 지수의 모습이 보였다.

"너무 겁먹지 마세요. 운전 잘하니까요."

"알아요."

"정말 알아요?"

"네?"

"전혀 안심한 기색이 아닌 것 같은데요."

정곡을 찔려서일까.

손잡이를 움켜쥔 손을 놓지 못한 채 얼굴을 붉히고 있던 지수가 입을 뗐다.

"이것도 제 나름대로는 큰 용기를 낸 거예요."

"……?"

"운전석은 물론이고 조수석에 앉은 것도 진짜 오래간만이니까요."

그녀의 고백을 들은 태식이 입을 다물었다. 그녀가 트라우마를 극복하기 위해서 얼마나 큰 용기를 내고 있는지 짐작할 수 있었기 때문이다.

잠시 뒤, 태식이 운전하는 스포츠카가 골목에 멈추었다.

"왜 여기로 온 거예요?"

주변을 두리번거리던 지수가 의아한 시선을 던졌다.

"제 마음대로 가라고 하셨잖아요?"

"그렇긴 하지만……."

"배가 고파서요."

더 설명하는 대신 차에서 내린 태식이 앞장서서 걸어갔다. 잠시 뒤 태식이 들어간 곳은 작은 분식집이었다.

효미네 분식집이라고 적힌 낡고 허름한 간판을 바라보던 지수도 영문을 모르겠다는 표정으로 안으로 들어섰다.

"분식집에는 갑자기 왜?"

"여기 떡볶이가 맛있거든요."

"하지만……."

"일단 드셔보세요."

두 평이 채 되지 않을 것처럼 작은 분식집 안에는 손님이 아무도 없었다. 군데군데 칠이 벗겨진 나무 탁자 앞에 앉아서 기다리고 있자, 김이 모락모락 올라오는 떡볶이와 튀김이 도착했다.

"자, 먹어봅시다."

태식이 먼저 젓가락으로 떡볶이를 집어 먹자, 지수도 마지못해 젓가락을 들었다. 떡 하나를 집어 오물거리며 씹고 있는 지수에게 태식이 물었다.

"맛이 어때요?"

"보기보다는 맛있네요."

"좋아했어요."

"아, 태식 씨가 여기 떡볶이를 엄청 좋아하셨던가 보네요."

"그게 아니라… 지수 씨가요."

"제가요?"

"네."

"전혀 기억이 안 나는가 보네요."

"……?"

"예전에 이곳에 함께 찾아왔던 적이 있는데."

"제가요?"

놀란 표정을 짓고 있는 지수에게 태식이 고개를 끄덕였다.

지수가 여섯 살이던 시절.

이곳을 함께 찾아왔던 것을 태식은 똑똑히 기억하고 있었다. 그리고 지수와 함께 찾아오기 전에 태식 혼자서 먼저 이곳을 찾아왔었다.

그사이 폐업해서 사라지지 않았을까 하는 우려 때문이었다.

다행히 효미네 분식집은 폐업하지 않고 남아 있었고, 그래서 지수와 함께 이곳으로 다시 찾아온 것이었다.

"이쪽으로 와보세요."

"왜요?"

"지수 씨에게 보여주고 싶은 것이 있어서요."

"뭔데요?"

"와서 직접 보세요."

영문을 모르겠다는 표정을 짓던 지수가 자리에서 일어나 다가왔다. 그런 그녀에게 태식이 손으로 벽을 가리켰다.

"여기에요."

"대체 무엇을 보라는……."

잠시 뒤, 지수가 입을 다물고 물끄러미 벽 쪽을 바라보았다. 좀 더 정확히 말하면 벽에 낙서가 되어 있는 것을 바라보기 시작했다.

—고집불통 꼬마 아가씨 지수 ♡ 딸바보 아빠.

"이 문구는… 아빠가 적으신 건가요?"

"네, 맞아요."

"이걸 어떻게 기억하고 찾아내셨어요?"

"지난번에도 말했지만 병우 아저씨와 함께했던 추억. 지수 씨 못지않게 제게도 무척 소중한 추억이었으니까요."

"……."

"여기서 처음으로 같이 식사를 했어요. 고집불통 꼬마 아가씨 때문에."

"네?"

"병우 아저씨는 명색이 함께하는 첫 식사이니만큼 저에게 고기를 사주고 싶어 하셨어요. 운동선수는 잘 먹어야 한다면서요. 그런데 꼬마 아가씨가 떡볶이를 먹고 싶다고 울면서 떼를 썼죠. 그래서 난감한 표정을 지으시던 병우 아저씨는 제게 양해를 구하고 결국 이곳에서 식사를 했던 거예요."

"그래서… 고집불통 꼬마 아가씨라고 적으셨군요."

"네, 맞아요. 당시의 지수 씨 고집은 정말 대단했거든요."

지수가 길고 하얀 손가락이 글씨들에 닿았다.

마치 그날을 추억하듯 손가락으로 글씨들을 따라가던 지수
가 한참 만에 입을 뗐다.

"고맙습니다."

"네?"

"잃어버렸던 추억을 또 하나 찾아주셔서."

벽에 적힌 글씨에서 시선을 떼지 못하던 지수가 태식을 향
해 살짝 눈을 흘겼다.

"갑자기 왜 그렇게 보세요?"

"서운해서요."

"서운하다고요?"

방금 전까지 잃어버렸던 추억을 또 하나 찾아준 것에 대해
고마움을 표하던 지수였다. 그런 그녀가 갑자기 서운하다고
말하는 이유를 알지 못해 태식이 의아한 표정을 짓고 있을 때
였다.

"왜 약속 안 지키세요?"

"……?"

"지난번에 저와 약속했잖아요."

"어떤… 약속을 했었죠?"

"다음에 만날 때는 다르게 불러준다고 약속했었는데. 지금

도 계속 지수 씨라고 부르고 있잖아요."

"아!"

그 약속을 잊은 것은 아니었다. 다만 불편할 것 같아서 약속을 이행하지 않고 버티고 있었던 것이었다.

"이제 기억났어요?"

"그게 기억이 잘……."

태식이 슬그머니 말끝을 흐린 순간, 지수의 눈빛이 매서워졌다.

"야구 그만두고 정치하셔도 잘하시겠어요."

"네?"

"약속하고 나서 기억이 안 난다고 변명하는 것. 정치인들이 가장 잘하는 거잖아요. 그런 의미에서 드린 말씀이에요."

"크흠!"

"자, 선택하세요."

"어떤 선택이요?"

"좋은 야구 선수로 남으실 거예요? 좋은 정치인이 되실 거예요?"

지수의 공세는 거칠었다.

태식은 정치인이 되고 싶은 마음이 눈곱만큼도 없었다. 해서 긴 망설임 끝에 태식이 마침내 입을 뗐다.

"지수… 야!"

"지수 씨. 이제 어디로 갈까요?"

"……."

"지수 씨?"

"……."

"지수 씨, 제 말 안 들리세요?"

시동을 건 태식이 조수석에 앉은 지수에게 의아한 시선을 던졌다. 다음 행선지를 물었는데 아무런 대답이 돌아오지 않았기 때문이다.

"저한테 하신 말씀이세요?"

"네? 당연히……."

"전 다른 여자한테 한 말인 줄 알았어요."

"네?"

"갑자기 거리감이 확 느껴져서요."

빤히 바라보면서 힐난하는 지수를 확인한 태식이 자신의 실수를 간신히 깨달았다.

"지수야. 이제 어디로 갈까?"

"봐요. 정감 있고 훨씬 좋잖아요. 앞으로도 계속 이렇게 불러주세요. 이제 약속하시는 거예요?"

"알았다. 지수야."

태식이 고개를 흔들며 대답한 순간, 지수의 입가로 웃음이 떠올랐다.

"그럼 다음 행선지로 가볼까요?"

"어디로 갈까? 가고 싶은 곳이 어디야?"

"꼭 가고 싶은 곳이 있어요."

"어딘데?"

태식의 질문을 받은 지수가 대답했다.

"병원이요."

*　　　　*　　　　*

"어떻게… 알았어?"

아버지가 암 투병을 하고 있다는 이야기는 지수에게 일절 꺼내지 않았다. 그런데 지수는 이미 그 사실을 알고 있었다.

"관심이 있으니까요."

"……?"

"관심이 있으니까 저절로 알게 되더라고요."

지수가 밝힌 행선지는 태식이 예기치 못했던 곳이었다. 그래서 바로 출발하지 못하고 태식이 다시 물었다.

"진심이야?"

"네."

"왜 이러는지 물어도 될까?"

"음, 태식 씨가 주신 선물에 대한 보답이라고 하면 될까요."

"보답? 내가 해준 게 뭐가 있다고……."

태식의 말이 끝나기도 전에 지수가 말했다.

"아주 많아요. 완전히 잃어버릴 뻔했던 아빠와의 추억들을 다시 찾아줬으니까. 그러니까 저도 보답하고 싶어요."

"하지만……."

"기뻐하지 않으실까요?"

"……?"

"제가 찾아가면 태식 씨 부모님이 기뻐하실 것 같은데요."

"왜 그렇게 확신해?"

"노총각이니까요."

"헐!"

태식이 고개를 절레절레 흔들며 액셀러레이터를 밟았다.

잠시 뒤 주차장에 차를 세운 태식이 지수와 함께 병원 로비로 들어섰다.

"어머."

"저기 김태식, 아냐?"

"진짜 김태식이다."

"어머, 엄청 동안이다!"

예전과는 많이 달랐다.

태식이 병원 로비로 들어서자마자, 살짝 술렁임이 일었다.

그사이에 태식의 인지도가 그만큼 올라갔다는 증거였다.

"인기 많으신데요."

선글라스를 쓰고 모자와 마스크로 얼굴을 가리고 있던 지수가 운을 뗀 순간, 태식이 실소를 흘렸다.

'만약 지수가 지금 모자와 마스크를 벗고 얼굴을 공개한다면?'

태식이 등장하며 일었던 가벼운 술렁임과는 차원이 다른 술렁임이 일며 환자들에게 겹겹이 둘러싸일 터였다.

"어서 올라가자."

혹시 지수를 알아보는 사람이 생기지 않을까 하는 우려 때문에 태식이 서둘러 팔을 잡아끌었다.

엘리베이터를 타고 6층에 도착한 태식이 데스크 앞을 지날 때였다.

"저기……."

데스크에 앉아 있던 간호사 이은미가 태식을 불렀다.

"무슨 일이세요?"

"부탁 하나만 드려도 될까요?"

"어떤 부탁이신데요?"

"사인 좀 해주세요."

"사인이요?"

태식이 고개를 갸웃했다. 지난번에 이미 사인을 해준 적이 있었다. 그런데 재차 사인을 요청하는 것이 잘 이해가 가지 않았기 때문이다. 그리고 이해가 가지 않는 것은 그게 다가 아니었다.

"여기 사인 좀 부탁드릴게요."

이은미가 내민 것은 종이가 아니라 야구 방망이들이었다. 그렇지만 선수들이 경기에서 사용하는 정식 배트는 아니었다.

대형 마트에서 쉽게 살 수 있는 플라스틱으로 만들어진 각양각색의 장난감 방망이들이었다.

"좀 많죠?"

얼핏 살펴도 장난감 방망이의 개수는 열 개가량 됐다.

"네. 많네요. 여기 사인을 하면 되나요?"

"소아암을 앓고 있는 아이들 중에 이번 달에 생일인 애들이 꽤 많아요. 그중에 야구를 좋아하는 애들이 많아서 선물로 프로야구 선수인 태식 씨의 사인이 들어간 장난감 야구 방망이를 선물해 주고 싶어서요."

장난감 야구 방망이에 사인을 하던 태식이 손을 멈추고 고개를 들었다.

"얼굴만 미인이신 줄 알았는데, 마음도 참 고우시네요."

"어머, 아니에요."

쑥스러운 듯 얼굴을 붉히고 있는 이은미를 새삼스레 바라보던 태식의 눈빛이 아련하게 바뀌었다.

마치 당연하다는 듯이 한결이에 대한 기억이 떠올랐기 때문이다.

기적!

신체 나이가 스무 살 무렵으로 돌아가는 기적이 벌어진 것에는 소아암을 앓던 한결이와의 인연이 있었다.

'내가 해준 건 아무것도 없는데!'

여전히 자신이 베풀었던 것에 비해서 너무 과한 선물을 받았다는 생각을 태식은 갖고 있었다. 해서 늘 마음의 빚을 지고 있는 느낌이었는데.

문득 그 빚을 조금이나마 갚을 수 있는 방법이 떠올랐다.

"생일이 언제입니까?"

"네?"

"아까 병원에서 생일을 맞은 아이들이 있다고 하셨잖아요?"

"저희 병원에서는 그 달 생일을 맞은 아이들 모두 월말에 함께 모여서 생일 축하 행사를 하고 있어요."

"알겠습니다. 그날 저도 찾아오겠습니다."

"네?"

"그 행사에 저도 참석하겠습니다. 작은 선물도 준비해서요."

이은미가 놀란 표정을 짓고 있는 사이, 태식이 잠시 멈추었던 사인을 마쳤다.

"그럼 그때 뵙겠습니다."

태식이 인사를 건네고 아버지가 입원해 계신 병실로 향했
다. 바로 곁으로 따라붙은 지수가 옆구리를 쿡 찔렀다.

"왜 그래?"

"혹시 좋아해요?"

"누굴?"

"아까 미모의 간호사."

선글라스를 위로 들어 올린 지수가 두 눈을 가늘게 뜨고
추궁하듯 물었다.

그 모습이 무척 귀엽게 느껴져서 픽 웃으며 태식이 입을 뗐
다.

"왜 그렇게 생각해?"

"일부러 시간을 내서 찾아올 정도니까요."

"착각이야."

"착각… 이요?"

"이은미 간호사 때문에 일부러 시간을 내서 찾아오는 게 아
냐."

"그럼?"

"무서운 병마와 힘겹게 싸우고 있는 아이들에게 선물을 주
고 싶어서야."

태식이 대답했다. 그제야 수긍한 듯 고개를 끄덕이며 새삼
스러운 시선을 던지고 있는 지수에게 물었다.

"그런데… 좋아하면 안 돼?"

"그런 건 아니지만……."

"농담이야."

"네?"

"그럴 여유 없어. 지금은 야구 외에 다른 건 생각할 겨를이
없거든."

안도하던 표정이 떠올랐던 지수의 표정에 이내 서운한 기색
이 떠올랐다. 그렇지만 태식은 그 표정 변화를 미처 알아채지
못했다.

"여기야. 들어가자."

병실 앞에 도착한 태식이 문을 향해 손을 뻗은 순간, 지수
가 급히 팔을 붙잡았다.

"잠시만요."

"왜?"

"이렇게 들어갈 수는 없잖아요."

지수가 모자와 마스크, 그리고 선글라스까지 벗어서 가방
속에 넣었다.

"이제 준비 끝났어?"

"아니요."

"또 뭐가 남았어?"

"마음의 준비도 필요하거든요."

"마음의 준비?"

"그런 게 있어요."

손거울을 꺼내 들고 매무새를 급히 다듬은 지수가 크게 심호흡을 한 뒤 말했다.

"자, 이제 들어가요."

16. 훈련하지 마

드르륵.

앞장서서 병실 안으로 들어섰던 태식의 눈에 아버지가 침대에서 벌떡 일어나는 모습이 들어왔다.

"저 왔습니다."

태식이 인사를 했지만, 아버지의 시선을 태식에게 향해 있지 않았다.

놀란 표정인 아버지의 시선은 태식의 뒤에 서 있던 지수에게로 향해 있었다. 그리고 어머니의 시선도 마찬가지로 지수에게 머물러 있었다.

"아들, 함께 온 저 예쁜 아가씨는 누구야?"

두 눈을 반짝이며 어머니가 질문했다.

"그러니까 설명하자면 좀 복잡한데……."

태식이 어디서부터 설명을 시작해야 할지 몰라 망설이고 있을 때였다.

"지수잖아!"

침대에서 벌떡 일어난 아버지가 불쑥 말을 꺼냈다.

"아버지가 지수를 어떻게 아세요?"

"네 아버지 무시하지 마라. 내가 지수도 모를 것 같아?"

"……?"

"도레미 퍼블릭의 리더인 아가씨잖아."

'헐!'

태식이 혀를 내둘렀다.

용덕수에게 설명을 듣기 전까지만 해도 태식은 지수는 물론이고 도레미 퍼블릭의 존재도 알지 못했다. 그런데 이미 환갑이 훌쩍 지나신 아버지가 도레미 퍼블릭에 대해 알고 있을 줄이야.

"지수라는 아가씨, 맞지?"

지수의 앞으로 다가가신 아버지가 물었다.

"네, 맞습니다."

"이렇게 만나서 많이 반가워. 텔레비전에서 볼 때보다 훨씬 더 예쁘구먼. 내가 아가씨 팬이야."

"감사합니다. 아버님."

"아버님? 거, 듣기 나쁘지 않구먼."

연예인인 지수를 직접 만났기 때문일까?

껄껄 웃고 있는 아버지는 기분이 무척 좋아 보였다.

"근데 우리 태식이와는 어떻게 아는 사이야?"

"제가 팬입니다."

"팬? 아가씨가 우리 태식이 팬이라고?"

"아버님."

"왜?"

"편하게 지수라고 부르세요."

"그래도 돼?"

"그럼요. 그리고 아까 말씀드렸던 대로 제가 태식 씨 팬이에
요. 그것도 무척 오래된 팬입니다. 그래서… 제가 열심히 쫓아
다니고 있답니다."

지수가 웃으며 답한 순간, 아버지는 놀란 표정을 감추지 못
했다.

"태식아!"

"네."

"너, 이만하면 성공했다."

"네?"

"지수가 네 팬이라니까 충분히 성공한 셈이지."

지수가 팬인 것이 성공의 기준이라니.

어딘가 조금 억울한 느낌이 들었지만, 태식은 굳이 따지려 들지 않았다.

환하게 웃고 있는 아버지의 모습을 보는 것만으로도 충분히 기뻤기 때문이다.

"보자. 귀한 손님이 왔으니까 과일이라도 좀 준비해야겠네."

어머니가 냉장고에서 사과를 꺼내 과도를 든 순간, 지수가 다가갔다.

"어머니, 제가 할게요."

"젊은 아가씨가 이런 것도 할 줄 알아요?"

"그럼요. 과일 깎는 것 정도는 할 수 있어요. 그러니까 이리 주세요."

기어이 어머니의 손에서 과도를 빼앗은 지수가 사과를 깎기 시작했다.

"솜씨가 좋네. 원래 과일 깎는 것만 보면 살림 솜씨를 알 수 있는 법인데. 손이 아주 야무지겠어."

"칭찬해 주셔서 감사합니다."

"이렇게 예쁘고 참한 딸 하나만 있으면 참 좋겠는데."

"그럼 앞으로 딸처럼 여겨주세요. 자주 찾아오겠습니다."

사과를 깎으며 어머니와 지수가 대화를 나누는 사이, 아버지가 태식의 팔을 끌었다.

"너, 이리 좀 와봐."

"왜 그러세요?"

"둘이 어떤 사이야?"

"아까 들으셨던 대로……"

"잡아!"

"네?"

"애비가 사람 보는 눈이 있는 건 알지. 예쁘고 똑 부러지는
아가씨구먼. 요새 저런 아가씨 찾기 쉽지 않아. 그러니까 확
낚아채라고."

"아버지."

"왜? 자신 없어?"

"그게 아니라……"

"그럼 뭐가 문제야?"

"목소리가 너무 크세요."

그리 넓지 않은 병실.

아버지가 하는 말을 지수가 듣지 못했을 리 없었다.

얼굴을 붉히고 있는 지수를 곁눈질로 확인하고 난감한 표
정을 짓고 있던 태식의 입가로 이내 희미한 미소가 머금어졌
다.

불편할 터인데도 내색하지 않고 웃음을 잃지 않는 지수가

고마웠다.

그리고 지금 병실 안의 온도가 무척 따뜻하다는 생각이 퍼뜩 들었다.

                    *   *   *

따악! 따악!

공식적인 휴가 기간이기 때문일까.

훈련장은 텅 비어 있었다. 혼자서 피칭머신을 상대하고 있던 김대희가 목에 걸고 있던 수건으로 이마에 맺힌 땀을 닦았다.

"훈련하지 마!"

치미는 갈증을 해소하기 위해서 이온 음료를 입으로 가져가던 김대희의 귓가에 김태식이 했던 충고가 되살아났다.

그 순간, 김대희가 눈매를 좁혔다.

처음 그 충고를 들었을 당시에는 황당했다.

긴 부진에서 벗어날 수 있는 방법이 훈련을 하시 잃는 것이라니.

오죽했으면 김태식이 자신을 갖고 노는 것이 아닐까 하는 의심마저 들었을 정도였다.

그렇지만 김태식의 표정은 무척 진지했다. 그리고 그와 함께 나누었던 짤막한 대화 덕분에 김대희는 그 충고에 담긴 숨은 의미를 깨달을 수 있었다.

"같이 맥주 한잔하자."

김태식은 숙소 근처의 작은 호프집으로 앞장서서 들어갔다.

늦은 시간이기 때문일까.

폐점 시간이 얼마 남지 않은 호프집은 텅 비어 있었다.

가장 구석 자리 탁자에 앉은 김태식이 물었다.

"뭐 마실래?"

"저도… 맥주로 하겠습니다."

"그럼 딱 한 잔씩만 하자."

김태식이 종업원에게 생맥주 두 잔과 후라이드 치킨 한 마리를 주문하자마자, 김대희가 질문을 던졌다.

"왜 자리를 옮기신 겁니까?"

"일종의 대화의 기술이야."

"대화의… 기술?"

"덕수와 함께 있는 자리에서 내가 충고를 하면 네가 더 불편해할 것 같아서. 그래서 둘이서만 얘길 하는 게 더 낫다고 판단했어."

"네."

틀린 말은 아니었다.

아직 새파란 후배인 용덕수 앞에서 김태식의 충고를 듣는 것이 무척 불편하다는 생각을 김대희는 내심 갖고 있었다.

"아까 기분 나빴지?"

"네?"

"훈련장에서 내가 했던 충고 때문에 기분이 나쁠 수도 있었 겠다는 생각이 퍼뜩 들어서 하는 말이야."

"……."

"잘난 것 하나 없는, 그래서 그동안 철저하게 무시했던 내 가 갑자기 선배랍시고 충고를 던졌으니 기분 나쁘지 않았어?"

"조금… 자존심이 상하긴 했습니다."

김대희가 솔직하게 대답했다.

선수로서 쌓은 커리어 측면에서 자신과 김태식은 감히 비교 할 수 없는 현격한 격차가 존재했다.

그런 김태식에게서 충고를 듣는다?

그 사실로 인해 기분이 상했던 것은 부인하기 어려웠다.

"대희야."

"네."

"그래도 내가 너보다 하나 나은 점은 있다."

"뭡니까?"

"나이."

이것 역시 부인할 수 없는 사실이었다. 그렇지만 나이를 많이 먹은 것은 자랑거리가 아니었다.

특히 몸으로 먹고사는 야구 선수의 경우에는 특히 더 그랬다. 해서 김대희가 속으로 코웃음을 쳤을 때였다.

"그냥 나이만 먹진 않았어. 나이를 먹으면서 자연스레 경험도 쌓였지. 그렇게 쌓인 여러 가지 경험 가운데는 부상 경험도 많아."

"……?"

"그래서 네게 그런 충고를 했던 거야."

마침 주문했던 생맥주가 도착했다.

김대희가 잔을 들어 막 입으로 가져갔을 때, 김태식이 덧붙였다.

"경기에 나서는 것이 두려웠던 적이 있었어."

'두려… 웠다고?'

그 이야기를 들은 김대희가 잔을 다시 내려놓았다.

경기에 나서는 것이 두려운 경험.

김대희도 갖고 있었기 때문이다. 그래서 호기심이 치밀었다.

"왜 두려우셨던 겁니까?"

"준비가 덜된 상태였거든."

"어떤 준비요?"

"경기에 나설 준비. 그래서 경기 도중에 도망치고 싶었지."

자신의 경우와 무척 흡사하다는 생각을 김대희가 품었을 때, 김태식이 쓰게 웃으며 말을 이었다.

"자기 몸 상태에 대해서는 자기가 가장 잘 아는 법이지. 그래서 당시의 나도 알고 있었어. 아직 부상의 악령에서 완벽히 벗어나지 못한 상태로 경기에 나서기에는 너무 이르다는 것을. 그런데도 군말 없이 경기에 나섰어. 왠지 알아?"

"왜였습니까?"

"지금이 아니면 다시는 기회가 찾아오지 않을 것 같았거든."

김태식의 당시 심정이 어느 정도 이해가 갔다.

KBO 리그를 대표하는 저니맨.

한 팀에 정착하지 못하고 등 떠밀리듯 이리저리 팀을 옮기던 김태식의 입장에서는 주전 자리를 확보하고 싶은 욕심이 누구보다 컸을 터였다. 그래서 부상에서 완쾌될 때까지 기다리지 못하고 찾아온 기회를 놓치지 않기 위해 애썼을 것이었고.

"그런데… 너는 나와 상황이 다르잖아."

김태식이 다시 꺼낸 말을 들은 김대희가 흠칫하며 맥주잔을 내려놓았다.

그의 지적이 옳았다.

저니맨의 대명사인 김태식과 심원 패롯스의 프랜차이즈 스타인 자신의 입지는 분명히 달랐다.

'서두르지… 마라!'

김대희가 두 눈을 가늘게 좁혔다.

김태식이 지금 이 대화를 통해서 자신에게 하고자 하는 충고가 무엇인지 짐작할 수 있었다.

너는 나와 처해 있는 상황이 다르고, 팀 내 입지도 다르다. 그러니 지금처럼 너무 서두를 필요가 없다.

이것이 김태식이 건네고 있는 충고의 요지였다.

분명히 적절한 충고였다.

그렇지만 김대희는 못내 아쉬움을 느꼈다. 그 이유는 충고를 건넨 타이밍이 엇나갔기 때문이다.

'만약 시즌 전에 이런 충고를 들었다면?'

이 충고를 따랐으리라.

굳이 진통제 주사를 맞아가면서까지 경기 출전을 강행하지 않았을 터였고, 부상에서 완전히 회복한 후에 경기에 출전했으리라.

'만약 그랬다면?'

지금보다 훨씬 상황이 나았을 터인데.

그렇지만 이 충고가 자신에게 건네진 시간이 너무 늦었다. 이제는 김대희가 부상에서 거의 회복했기 때문이다.

"저는 부상에서 벗어났습니다."

해서 김대희가 힘주어 말했지만, 김태식은 고개를 내저었다.

"정말 부상에서 회복했어?"

"네. 그렇습니다."

"내 생각에는 아닌 것 같은데."

김태식이 확신에 찬 목소리로 꺼낸 말을 들은 순간, 김대희가 인상을 구겼다.

자기 몸 상태에 대해서는 자기가 가장 잘 아는 법이다.

방금 전에 김태식이 자신의 입으로 직접 했던 말이었다.

그런데 남의 몸 상태에 대해서 왜 이렇게 확신에 찬 어조로 이런 말을 꺼내는지 제대로 이해가 가지 않았다.

"제 몸 상태는 제가 가장 잘 압니다."

"아니. 몰라."

"지금 무슨 말을······."

"그 증거를 말해줄까?"

"증거라고 하셨습니까?"

"그래. 네가 아직 부상에서 완전히 벗어나지 못했다는 증거. 바로 지난 대승 원더스와의 3연전 두 번째 경기에서 네가 펼친 수비야."

김태식의 이야기를 들은 김대희가 기억을 더듬었다.

톰 하디와 최동현이 팽팽한 투수전을 펼쳤던 경기.

당시에 김대희는 선발 3루수로 출전했었다. 그리고··· 그 경기에서 결정적인 수비 실책을 범했었다.

"기억나?"

"네. 기억납니다. 그런데 대체 어느 부분이 제가 부상에서 완전히 벗어나지 못한 증거라는 겁니까?"

"8회 초에 실책을 범했던 네 수비가 증거야. 3루 선상을 타고 흐르던 잘 맞은 빠른 타구를 잡아낸 순발력은 칭찬을 받기에 충분한 호수비였어. 그렇지만 문제는 포구에 성공한 후의 후속 동작에서 발생했지. 몸을 날리면서 타구를 간신히 잡아내는 데까지는 성공했지만, 착지를 하는 과정에서 넌 오른손을 제대로 짚지 못했어. 그래서 몸의 중심을 잃어버렸고, 그 와중에 어렵게 포구한 공도 글러브에서 빠져나왔지. 그로 인해 서두르다 보니 악송구로 이어졌고, 타자 주자는 2루까지 진루했지."

김대희가 슬쩍 미간을 찌푸렸다. 다시 떠올리고 싶지 않은 아픈 기억이었기 때문이다.

"당시에 네가 착지 과정에서 오른손을 무의식적으로 뺐던 이유, 내가 맞춰볼까? 손목 통증 때문이었잖아."

김태식의 자세하고 친절한 설명 덕분에 애써 잊으려고 했던 당시의 기억이 생생하게 되살아났다. 그리고 그의 지적은 정확했다.

당시 몸을 날려 포구에 성공한 이후, 착지하는 과정에서 오른손으로 바닥을 제대로 짚지 못했던 것!

무의식적으로 나온 반응이었다.

부상 재발에 대한 두려움.

머릿속에 각인되어 있던 부상 재발에 대한 두려움으로 인해 나온 본능적이고 반사적인 플레이였다.

"이제 인정해?"

"네, 인정합니다."

입안이 지독히 썼다. 그리고 목이 탔다.

단숨에 잔을 비워 버린 김대희가 1/3쯤 맥주가 남아 있는 김태식의 앞에 놓인 잔을 확인하고 물었다.

"같이 시킬까요?"

"아니, 난 됐어."

"하지만……."

"아까 딱 한 잔만 한다고 말했잖아."

김대희가 새삼스러운 시선을 던졌다.

지금 이 자리, 분명히 불편하고 어려운 자리였다. 그리고 그것은 김태식도 마찬가지일 터였다.

그렇지만 김태식은 이 순간에도 철저하게 자기 관리를 하고 있었다.

'이건 배울 점이야!'

김대희가 감탄하며 벨을 누르려던 손을 뗀 순간이었다.

"아까도 말했듯이 나는 심원 패롯스 소속 선수다. 그리고 우리 팀을 위해서는 너와 만호의 가세가 절실한 상황이야. 단, 전제 조건이 하나 있어."

"어떤 전제 조건입니까?"

"너희 둘이 가세했을 때 팀의 불안 요소가 되는 것이 아니라 팀에 플러스 요소가 되어야 한다는 거지."

김대희가 입맛을 쩝 다셨다.

최근 들어 자신과 강만호가 팀원들에게 짐이 되고 있다는 생각을 한 적이 있었다. 또 심원 패롯스의 불안 요소로 꼽히고 있다는 사실도 이미 알고 있었고.

"그래서 했던 충고야. 훈련하지 마."

"하지만……."

"아주 훈련을 하지 말라는 소리가 아니라는 것쯤을 알고 있지? 훈련을 지금보다 줄이라는 뜻이야."

무슨 뜻일까.

김대희가 두 눈을 빛내고 있을 때, 김태식이 덧붙였다.

"잘하는 것에 집중하는 것도 방법이야."

17. 선택과 집중

잘하는 것에 집중하라는 김태식의 충고.

와닿을 듯 말 듯한 충고였다. 그렇지만 김태식의 충고는 거기서 끝이었다.

"이제 남은 부분은 네가 스스로 알아내!"

김태식이 짓고 있던 의미심장한 웃음에 담긴 의미였다.

미리 선언했던 대로 김태식은 딱 맥주 한 잔만 마시고 자리에서 일어났다. 그 후에도 김대희는 자리에서 일어나지 않고 호프집을 지켰다.

더 이상 설명해 주지 않고 떠난 김태식이 원망스럽지는 않았다. 오히려 일종의 배려라고 느껴졌다.

자신의 자존심을 더 다치지 않게 만들기 위한 배려.

맥주 한 잔을 더 시킨 채로 계속 고민을 거듭했다. 그리고 두 번째 잔의 맥주가 바닥을 드러냈을 때, 비로소 김태식이 건넸던 충고에 숨어 있던 의미를 알아낼 수 있었다.

"선택과 집중!"

김태식이 건넸던 충고의 요지는 바로 이것이었다.

너는 아직 부상 여파에서 완전히 벗어나지 못했다. 그런 몸 상태로 공수주, 모든 부분에서 최고의 활약을 펼치는 것은 현실적으로 어렵다.

"최선은 계속 쉬는 거야!"

부상 재발에 대한 두려움이 완전히 사라질 정도로 몸 상태가 완벽해진 이후에 경기에 출전하는 것이 최선이었다. 그렇지만 문제는 심원 패롯스의 현 상황이었다.

전반기를 리그 9위라는 순위로 마감한 상황.

후반기에 반등에 성공해서 가을 야구에 진출하기 위해서는 남은 경기에서 패하는 횟수를 최소한으로 줄여야 했다. 즉, 자신이 당장 가세해서 팀의 플러스 요인이 되어야만 했다.

"그래서 차선책을 제시했던 거지."

공격과 수비, 그리고 주루.

현재 몸 상태로 모든 면에서 최선의 플레이를 펼칠 수 없다면 가장 잘하는 부분에 집중해라. 그것이 팀에 도움이 되는 방법이다.

"수비를… 버린다!"

지금껏 김태식은 잠재적 포지션 경쟁자라고 여겼다. 그러나 김태식은 3루 수비에 연연치 않는다고 말했었다.

당시에는 진심이 아닐 거라고 여겼다.

그래서 더 마음이 조급해졌었는데.

김태식의 말이 진심이란 사실을 깨달은 순간, 그래서 3루 수비에 대한 미련을 내려놓은 순간, 김대희의 마음은 오히려 편안해졌다.

"조금 더 하고 싶은데……."

오랜만에 개인 훈련을 하자 기분이 좋았다.

명확한 목적을 가지고 하는 훈련이었기 때문에 더 흥이 나는 건지도 몰랐다.

몸에 난 땀이 식기 전에 좀 더 훈련하고 싶다는 욕심이 들었지만, 김대희는 애써 욕심을 억눌렀다.

김태식이 건넸던 충고 때문이었다.

"지나친 훈련은 독이 되는 법이야!"

일반적인 상황이라면 통용될 수 없는 말이었다.

훈련에 매진하면 시간에 비례해서 그만큼 실력이 향상되는 법이었으니까.

그렇지만 김대희가 처한 상황은 일반적이지 않았다.

아직 부상 재발에 대한 두려움을 갖고 있는 상황.

김태식의 충고처럼 과한 훈련은 오히려 독이 될 수도 있었다.

"꼭 하다 만 느낌이군."

훈련장을 빠져나온 김대희가 쓰게 웃은 후, 걸음을 재촉했다.

*   *   *

"어렵구먼. 어려워!"

올스타 브레이크 기간은 꽤 길었다.

그사이에 후반기에 팀이 반등할 수 있는 묘책을 찾으려고 했는데.

시간은 총알같이 빠르게 지나갔다.

이철승이 아무런 해법도 찾지 못한 사이, 결국 올스타 브레이크 기간이 끝나 버렸다.

당장 내일부터 후반기가 시작되는 상황.

후반기에 접어들어 처음 맞상대하는 팀은 중앙 드래곤즈였다.

중앙 드래곤즈의 현재 순위는 리그 3위.

정규 시즌 우승이라는 꿈을 아직 포기하지 않은 중앙 드래곤즈는 부담스러울 정도로 강팀이었다. 더구나 심원 패롯스가 연패에 빠지면서 팀 분위기가 침체된 터라 더욱 상대하기 어렵게 느껴졌다.

"최소 위닝 시리즈는 가져가야 해!"

전반기 막바지에 5연패에 빠지면서 팀 순위가 리그 9위까지 처진 상황.

앞으로 패배가 더 쌓여서는 곤란했다. 그리고 가라앉은 팀 분위기를 반등시키기 위해서도 강팀인 중앙 드래곤즈와의 3연전에서 최소 위닝 시리즈 이상을 거두어야 한다는 판단을 이철승은 내렸다.

문제는 위닝 시리즈 이상을 거두는 것이 쉽지 않다는 점이었다.

당장 내일 경기의 선발 라인업을 짜는 것부터 어려웠다. 고심에 고심을 거듭해 봤지만, 여러 가지 문제들이 산적해 있었다. 그 가운데서도 이철승이 가장 고민하는 것은 하위 타순이었다.

상하위 타선의 불균형!

올 시즌 내내 심원 패롯스의 약점으로 지적된 부분이었다.

트레이드를 통해 새로이 팀에 합류한 김태식과 용덕수가 타선에서 활약하면서 어느 정도 해결 가능성이 엿보이는 듯했지만, 김대희와 강만호의 부진이 길어지면서 다시 어려움을 겪고 있었다.

〈심원 패롯스 선발 라인업〉
1번. 이종도
2번. 임현일
3번. 최순규
4번. 이명기
5번, 김태식
6번.
7번.
8번. 용덕수
9번.
피처 : 톰 하디

어떻게 해야지 깊은 부진에 빠진 하위 타순을 살릴 수 있을까?

긴 고민 끝에 이철승이 내린 결단은 그동안 줄곧 9번에 배치했던 용덕수를 8번 타순으로 끌어 올리는 것이었다. 그러나 이것만으로는 한참 모자라다는 생각이 들었다.

아직 빈 칸이 무려 셋이나 남아 있는 라인업 표가 이철승의 고민이 얼마나 깊은지 알려주는 증거로 충분했다.

"그래도… 불안 요소들을 라인업에서 제외하는 것에는 성공한 셈이군."

이철승의 낯빛이 조금 밝아졌다.

전반기 막바지에 치렀던 청우 로얄스와의 3연전.

스윕을 당하긴 했지만, 아무런 소득이 없었던 것은 아니었다.

팀의 불안 요소였던 김대희와 강만호를 라인업에서 배제할 수 있는 명분을 쌓는 데 성공했기 때문이다.

"김태식의 계획대로 됐어!"

이철승의 입가에 떠올랐던 희미한 미소는 이내 흔적도 없이 사라졌다.

아직 완전히 불씨가 꺼지지 않았기 때문이다.

고액 연봉자이자 프랜차이즈 스타로서 티켓 파워를 갖춘 김대희와 강만호가 계속 라인업에서 배제된다면?

일전에 우려했던 대로 프런트에서 가만히 두고 보기만 할

리 없었다.

어떤 식으로든 두 선수를 경기에 출전시키라는 압박을 가할 터였다.

김태식도 이 사실을 모르지 않았다. 그리고 당시에 불쑥 자신을 찾아왔던 김태식은 프런트와의 갈등을 해결할 방법도 있다고 자신 있게 말했다.

"대체 어떻게… 해결한다는 걸까?"

툭. 데구르르.

이철승이 손에 쥐고 있던 펜을 막 내려놓았을 때였다.

똑똑.

누군가의 노크 소리가 들렸다.

'혹시… 김태식이 찾아온 건가?'

김태식이 어떤 해법을 들고 찾아온 것이 아닐까 하는 기대에 휩싸인 채 문을 열었던 이철승이 두 눈을 치켜떴다.

감독실을 찾아온 것은 예상치 못했던 인물이었기 때문이다.

"대희. 네가 웬일이야?"

"드릴 말씀이 있어서 찾아왔습니다."

"무슨 이야기지?"

"안에서 말씀드리겠습니다."

"그래. 일단 들어와."

예고 없이 자신을 찾아온 김대희의 얼굴을 확인한 순간, 문득 불안감이 엄습했다. 애써 겉으로 내색하지 않기 위해서 애쓰고 있던 이철승의 눈에 탁자 위로 향해 있는 김대희의 시선이 들어왔다.

'아차!'

김대희가 보고 있는 것이 내일 경기의 선발 라인업이라는 것을 뒤늦게 알아챈 이철승이 서둘러 치웠다. 그러나 너무 늦었다.

"제 이름은 없군요."

"그… 래."

"만호도 없고요."

"아직 확실히 정해진 건 없어. 대희 너도 봐서 알겠지만 선발 라인업을 다 완성하지 못했거든."

대충 얼버무린 이철승이 서둘러 화제를 돌렸다

"그건 그렇고 어서 말해봐. 갑자기 날 찾아온 이유가 뭐야?"

"부탁드릴 것이 있습니다."

"무슨 부탁이지?"

"내일 경기에 출전하고 싶습니다."

김대희가 꺼낸 부탁을 들은 이철승이 표정을 굳혔다.

김대희와 강만호.

심원 패롯스의 불안 요소였던 두 선수를 라인업에서 배제할 수 있는 명분을 쌓는 데 성공했다고 조금 전까지 기뻐하고 있었다.

그런데 갑자기 찾아온 김대회가 이런 부탁을 꺼낼 줄이야.

너무 갑작스러웠다. 그래서 표정 관리를 하는 것이 어려웠다.

"하지만 대회 너는 지난번에 분명히⋯⋯."

"경기에 나서는 것이 두렵다고 말했습니다."

"그래. 그렇게 말했잖아."

"간신히 생겼습니다."

"간신히 생기다니? 뭐가 생겼다는 거야?"

"그때, 감독님께서 제게 자신감을 회복하고 오라고 하셨잖습니까? 그 자신감, 간신히 되찾았습니다."

확신에 찬 목소리로 말하는 김대회로 인해 이철승은 당혹스러웠다.

예상보다 너무 일렀기 때문이다.

"내가 판단하기에는 아직 너무 이른 것 같은데⋯⋯."

해서 이철승이 슬그머니 말끝을 흐렸을 때였다.

"감독님이 우려하시는 것이 무엇인지 알고 있습니다."

"정말⋯ 알고 있어?"

"네. 경기에 출전한 저와 만호가 팀의 불안 요소로 작용하는 것을 우려하고 계시지 않습니까?"

"……."

"적어도 불안 요소는 되지 않을 자신이 있습니다."

"하지만……."

"아직 드릴 말씀이 남았습니다."

"또 뭔가?"

김대희가 대답했다.

"지명타자로 출전하겠습니다."

〈심원 패롯스 선발 라인업〉

1번. 이종도

2번. 임현일

3번. 최순규

4번. 이명기

5번. 김태식

6번. 김대희

7번. 조용기

8번. 용덕수

9번. 정명훈

피처: 톰 하디

후반기 첫 경기가 펼쳐지기 전에 발표된 양 팀의 선발 라인업을 확인하던 태식이 두 눈을 빛냈다.

심원 패롯스의 선발 라인업.

얼핏 살피기에는 큰 변화가 없어 보였다. 그렇지만 팀 내부 사정을 잘 알고 있는 태식이 보기에는 무척 많은 변화가 존재했다.

"일단… 강만호가 빠졌군!"

우선 가장 눈에 띄는 변화는 강만호의 결장이었다.

공수에서 모두 부진하며 팀의 불안 요소로 전락한 강만호를 대신해서 용덕수가 선발 포수로 출장했다.

"8번 타순이라."

또 하나의 변화는 용덕수의 타순이었다.

트레이드를 통해 심원 패롯스로 합류한 후, 줄곧 9번 타순에 포진했던 용덕수가 8번 타순으로 올라와 있었다.

하위 타순의 심각한 부진으로 인해 골머리를 앓던 이철승 감독이 고심 끝에 꺼내 든 승부수 가운데 하나일 터!

"나쁘지 않긴 하지만… 좀 더 과감한 수를 두는 것이 좋지 않았을까요?"

이철승 감독을 힐끗 살피며 혼잣말을 꺼낸 태식의 시선이 스트레칭을 하는 김대희에게로 향했다.

심원 패롯스의 선발 라인업 가운데 가장 큰 변화는 바로 김대희와 태식이 함께 경기에 출전하는 것이었다.

지금까지 동시에 경기에 나섰던 것은 태식이 대타자로 출전했던 경기 후반의 2이닝이 전부였었는데.

오늘 경기는 두 명 모두 선발로 동반 출전하고 있었다.

특히 주목할 부분은 김대희가 지명타자로 출전한다는 점이었다.

"감독님이 고심 끝에 내린 결정이십니까?"

태식의 시선이 다시 이철승 감독에게 향했다. 그러나 불안한 기색을 감추지 못하고 있는 그를 확인하고서 태식은 이 추측이 틀렸다고 판단했다.

이철승 감독에게로 향해 있던 태식의 시선이 다시 김대희에게로 향했다.

"답을… 찾아냈나?"

김대희에게 지금은 특수한 상황이니만큼, 잘하는 것에 더 집중하는 것도 방법이라는 충고를 건넸다.

그 후 김대희도 고심을 거듭했으리라.

그리고 마침내 그 충고에 숨은 의미를 찾아낸 듯 보였다.

경기를 준비하고 있는 김대희의 표정은 이전과는 좀 달랐다.

마음이 홀가분해서일까? 아니면, 수비 부담을 덜었기 때문일까?

예전에 비해서 한결 편안해 보였다.

"일단은… 심원 패롯스가 지금 내세울 수 있는 베스트 라인업이 꾸려졌군."

태식이 기대에 찬 표정으로 혼잣말을 꺼냈다.

18. 데자뷰

톰 하디 VS 마이크 버라디노.

충분한 휴식을 취하고 후반기 첫 경기에 나선 양 팀은 3연전 첫 경기에 모두 에이스를 내세웠다.

심원 패롯스 입장에서는 일단 연패를 끊어야 하는 절심함이 존재했고, 중앙 드래곤즈는 리그 후반기 선두 경쟁에 본격적으로 뛰어들기 위해서 이번 3연전에서 스윕을 노리고 있는만큼 첫 경기부터 에이스를 내세운 것이었다.

팽팽한 투수전이 될 거라는 전문가들의 예상은 빗나가지 않았다.

양 팀의 에이스답게 두 투수는 마운드 위에서 최고의 투구를 펼쳤다.

0 : 0.

3회까지 실점을 허용하지 않았을뿐더러, 안타 하나와 사사구 하나씩만 허용했다는 점도 똑같았다.

4회 초, 중앙 드래곤즈의 공격은 3번 타자 장윤철부터 시작이었다.

3루 수비에 나선 태식이 경기에 집중하기 위해 애썼다.

장윤철, 닉 짐머맨, 유민상, 마정운으로 이어지는 중앙 드래곤즈 중심 타선의 화력은 대단했다.

10개 구단 가운데 중심 타선의 화력 면에서 선두를 다투고 있을 정도로.

그 사실을 알고 있기 때문일까.

마운드에 서 있는 톰 하디도 긴장한 기색이 역력했다.

선두 타자와의 승부가 중요하다는 것을 모를 리 없는 톰 하디는 신중하게 승부했다. 그러나 장윤철은 역시 좋은 타자였다.

따악!

제구가 잘된 바깥쪽 직구를 힘들이지 않고 결대로 밀어 쳐서 1루수와 2루수 사이를 꿰뚫는 우전 안타를 터뜨리며 출루했다.

무사 1루 상황에서 타석에는 닉 짐머맨이 들어섰다.

전반기에만 홈런 26개를 기록하며 리그 홈런 1위를 달리고 있는 닉 짐머맨은 3할대 중반의 타율을 기록하고 있을 정도로 타석에서 정교함도 갖추고 있었다.

장타력을 겸비한 교타자랄까.

KBO 리그에서 가장 상대하기 까다로운 타자!

투수들 사이에서 공공연히 이런 이야기가 나돌고 있을 정도였다.

닉 짐머맨의 장타력을 의식해서일까.

톰 하디는 철저하게 바깥쪽 승부를 펼쳤다.

어느덧 풀카운트까지 이어진 승부.

크게 심호흡을 한 톰 하디가 와인드업을 한 후 힘차게 공을 뿌렸다.

슈아악!

'몸 쪽?'

톰 하디가 던진 공을 확인한 태식이 두 눈을 빛냈다.

철저하게 바깥쪽 승부로 일관하던 톰 하디가 풀카운트에서 승부구로 선택한 공은 몸 쪽 직구였다.

허를 찌르기 위한 볼 배합.

그러나 닉 짐머맨은 마치 예상했다는 듯 힘차게 배트를 돌렸다.

따악!

묵직한 타격음과 함께 쭉쭉 뻗어나가는 타구의 궤적을 태식이 눈으로 좇았다.

'넘어갔나?'

펜스를 훌쩍 넘긴 타구는 폴대를 살짝 빗겨 나가며 홈런이 아닌 파울이 선언됐다.

홈 플레이트 쪽으로 돌아와 바닥에 내던졌던 배트를 다시 집어 드는 닉 짐머맨이 콧김을 내뿜으며 아쉬움을 드러냈다.

반면 톰 하디는 안도의 한숨을 내쉬었고.

'힘이 대단해!'

태식도 내심 감탄했다.

몸 쪽 빠른 직구에 배트 타이밍이 살짝 밀렸음에도 불구하고, 닉 짐머맨은 손목 힘으로 타구를 펜스 밖으로 넘겨 버렸다.

만약 공이 완벽히 제구되지 않고 조금만 더 가운데로 몰렸다면, 파울이 아닌 홈런이 되었으리라.

"볼넷!"

톰 하디도 더는 위험한 선택을 내리지 못하고 다시 바깥쪽 승부를 펼쳤다. 그러나 장타를 지나치게 의식한 탓에 닉 짐머맨을 상대로 던진 7구째 슬라이더는 볼 한 개 정도 빠지며 볼넷을 허용했다.

무사 1, 2루.

위기 상황에서 타석에는 5번 타자 유민상이 등장했다.

"첩첩산중이군."

태식이 짧막한 한숨을 내쉬었다.

닉 짐머맨이 끝이 아니었다.

후속 타자들인 유민상과 마정운도 투수들이 상대하기 까다로워하고 두려워하는 좋은 타자들이었다.

쉬어 갈 곳이 없다고 표현하면 될까.

벌써 지친 듯 너른 등이 들썩이기 시작하는 톰 하디를 지켜보던 태식이 경기에 더욱 집중하기 위해 애썼다.

지금 톰 하디를 도울 수 있는 방법은 수비뿐이었다.

"스트라이크!"

그래도 톰 하디는 좋은 투수였다.

위기에 몰렸음에도 경기의 포인트를 놓치지 않았다.

투 볼 투 스트라이크.

바깥쪽 꽉 찬 코스로 잇따라 공을 던져 넣으며 볼카운트를 유리하게 끌고 가는 데까지 성공했다.

'승부!'

풀카운트가 되면 상황이 톰 하디에게 불리했다. 그래서 태식이 승부를 할 것이라고 판단한 순간이었다.

슈아악!

톰 하디가 승부구로 택한 공은 포크볼이었다. 그렇지만 어깨에 힘이 많이 들어간 탓에 너무 일찍 떨어졌다.

툭.

홈 플레이트 앞에서 바운드를 일으킨 공이 바깥쪽으로 크게 휘어졌다. 용덕수가 몸을 날리며 필사적으로 블로킹을 시도하는 사이, 주자들이 일제히 스타트를 끊었다.

'어려워!'

블로킹을 성공하는 것조차도 어려운 투구.

해서 태식이 슬그머니 눈살을 찌푸렸을 때, 이를 악문 용덕수가 허벅지로 공을 막아내는 데 성공했다.

퍽. 데구르르.

보호대가 없는 사타구니 부근에 공을 맞았기에 통증이 엄청날 터인데도 용덕수는 아랑곳하지 않고 공을 잡아 벌떡 일어났다.

'늦었어!'

재빨리 3루 베이스 커버를 들어간 태식이 2루 주자를 3루에서 잡아내는 것은 늦었다고 판단했다.

순식간에 주자들의 상황을 파악한 용덕수는 3루가 아닌 2루로 송구했다.

쐐애액!

강한 어깨로 뿌린 송구는 빠르고 정확했다.

스타트를 끊는 것이 조금 늦었던 닉 짐머맨이 슬라이딩을 시도했지만, 송구를 받은 2루수의 태그가 더 빨랐다.

"아웃!"

2루심이 아웃을 선언한 순간, 톰 하디가 환호했다.

폭투가 되면서 무사 2, 3루로 변하는 최악의 상황이 될 거라 예상했지만, 용덕수의 기막힌 블로킹과 기민한 후속 동작으로 1루 주자였던 닉 짐머맨을 2루에서 잡아낸 것에 기뻐하고 있었다.

"나이스 플레이!"

톰 하디의 고마움을 담은 칭찬을 받은 용덕수가 통증을 참고 환하게 웃었다.

'잘했다!'

태식도 박수를 보냈다.

흠잡을 곳이 없는 훌륭한 플레이.

덕분에 톰 하디는 한숨을 돌릴 수 있었다. 그리고 이게 다가 아니었다.

강만호가 선발 포수로 출전했던 지난 몇 경기.

블로킹과 송구, 수비 시의 상황 판단까지.

총체적인 난국이라는 표현이 딱 어울릴 정도로 강만호는 수비에서 불안한 모습을 노출했었다.

그로 인해 투수들은 은연중에 불안해하고 있었는데.

용덕수의 이번 호수비로 인해 투수들의 불안감이 희석될 가능성이 높았다.

그러나 아직 위기는 끝난 것이 아니었다.

"볼넷!"

유민상이 유인구를 참아내고 볼넷을 골라 걸어 나가며 다시 1사 1, 3루의 실점 위기가 이어졌다.

따악!

6번 타자 마정운은 초구부터 과감하게 스윙했다.

노림수가 좋은 타자라는 평가답게 그는 톰 하디가 바깥쪽 직구를 던질 것을 예상하고 타석에 들어서서 힘껏 잡아당겼다.

3루 선상을 타고 흐르는 총알 같은 타구.

태식이 지체하지 않고 몸을 날렸다.

머리로 생각하고 펼친 플레이가 아니었다.

말 그대로 본능적인 플레이였다.

턱!

'잡았다!'

몸을 날리며 쭉 뻗은 글러브 속으로 타구가 들어온 순간, 태식이 재빨리 일어나며 2루로 송구했다.

"아웃!"

1루 주자는 물론이고 타자 주자까지.

5—4—3으로 이어지는 깔끔한 더블플레이가 완성된 순간, 태식이 환호하면서 주먹을 불끈 움켜쥐었다.

  쫘악!
  손과 손이 허공에서 부딪혔다.
  더그아웃 앞에 미리 도착해서 기다리고 있던 톰 하디와 김태식이 환하게 웃으며 하이파이브를 나눈 것이었다.
  손바닥이 강하게 마주치면서 경쾌한 소리가 울려 퍼진 순간, 김대희가 희미하게 고개를 끄덕였다.
  톰 하디가 김태식에게 고마움을 표시하는 것이 당연할 정도로 대단한 호수비였기 때문이다.
  따악!
  마정운이 휘두른 배트 중심에 걸린 타구를 총알처럼 빨랐다. 또, 타구의 코스도 무척 좋았다. 그래서 두 명의 타자를 모두 홈으로 불러들이는 2타점 2루타가 될 것이라고 모두가 판단했는데.
  마정운의 2루타성 타구는 김태식이 펼친 기막힌 호수비에 가로막혔다.
  '만약… 나였다면?'
  김대희가 고개를 절레절레 내저었다.
  일단 빠른 강습 타구를 잡아내거나 막아내는 것조차도 어려웠을 터였다. 그리고 설령 운이 좋아서 타구를 잡는 데 성공했다고 하더라도, 후속 동작에서 문제가 발생했을 가능성이 높았다.

'비슷해!'

김대희가 김태식의 수비 장면을 보면서 문득 떠올린 것은 예전 대승 원더스와의 경기에서 벌어졌던 상황이었다.

데자뷰랄까.

지금 상황이 당시와 무척 흡사하다는 느낌이 들었다.

그 당시 김대희는 3루 선상을 타고 흐르는 강습 타구를 잡아내는 것까지는 성공했지만, 착지 과정에서 몸의 중심을 잃어버리고 말았다.

그 실수로 인해서 너무 서두르다가 악송구까지 범해 타자주자가 2루까지 진루하게 만들었었다.

'그때와 다를까?'

김대희가 다시 고개를 내저었다.

그사이에 크게 달라진 것은 없었다. 김대희는 여전히 부상재발에 대한 두려움을 갖고 있었고, 만약 똑같은 상황에 처했다면 다시 착지 과정에서 중심을 잃었으리라.

'이게… 맞아!'

잠재적 포지션 경쟁자라고 여겼던 김태식의 호수비.

예전이었다면 김태식의 수비에서의 맹활약이 탐탁지 않았

으리라. 그렇지만 지금은 그의 활약이 조금 다르게 다가왔다.

순수한 마음으로 김태식의 호수비에 감탄하며 기쁜 마음이 들었다.

"그러니까 너와 나는 포지션 경쟁자가 아니라는 뜻이지."

일전에 김태식이 단언하듯 꺼냈던 말이 영향을 미쳤으리라. 그렇지만 그 이유가 전부는 아니었다.

"내가 심원 패롯스 소속 선수라는 거야. 비록 저니맨의 대명사로 이 팀 저 팀을 옮겨 다녔던 신세이긴 하지만, 나는 현재 심원 패롯스 소속 선수야. 그리고 나는 우리 팀에 애정을 갖고 있어. 심원 패롯스가 내 선수 인생의 종착지라는 생각을 갖고 있거든. 그래서 우리 팀이 잘됐으면 좋겠어. 가을 야구에 진출하는 것은 물론이고, 기왕이면 우승을 차지했으면 하는 욕심도 갖고 있어."

김태식이 당시에 덧붙였던 말들에는 진심이 담겨 있었다. 그 진심을 확인하고 나서, 김대희도 마음을 고쳐먹었다.

"우리 팀을 위해서 옳은 선택이었어."

김태식이 주전 3루수로 나선다. 적어도 내 몸 상태가 완벽해질 때까지는 그 편이 우리 팀을 위해서도 옳은 일이다.

이렇게 생각이 바뀐 것이었다.

"나도… 우리 팀에 도움이 되어야지."

김대희는 오늘 지명타자로 경기에 나서고 있었다. 그런 자신이 팀에 도움이 되려면 타석에서 활약하는 수밖에 없었다.

"집중… 하자!"

마운드로 걸어 올라가고 있는 마이크 버라디노를 바라보며 김대희가 경기에 집중하기 위해 애썼다.

위기 뒤의 찬스.

용덕수와 태식의 잇따른 호수비 덕분에 4회 초에 찾아왔던 위기를 넘긴 심원 패롯스에게 4회 말에 찬스가 찾아왔다. 아니, 찬스가 찾아왔다는 말은 적절치 않았다.

찬스를 만들어냈다는 말이 더 적절했다.

위기 뒤에 찬스가 찾아온다는 야구계의 속설.

이 속설이 정설처럼 받아들여지고 있는 이유는 워낙 그 속설이 들어맞는 경우가 많아서였다.

그렇지만 우연의 일치는 아니었다.

태식이 판단하기에 위기 뒤의 찬스라는 속설이 자주 들어맞는 이유는 심리적인 요인이 컸다.

대량 실점을 허용할 수 있는 위기에서 최소 실점으로 막아내거나, 아예 실점을 허용하지 않는 경우, 선수들의 심리와 사기에 영향을 끼치게 마련이었다.

찬스를 아쉽게 날린 측의 선수들은 무기력함을, 위기를 막아낸 측의 선수들은 할 수 있다는 자신감을 가진다. 그리고 그 심리적인 요인은 그라운드에서 뛰는 선수들의 경기력에도 영향을 미치게 마련이었다.

특히 그 심리적인 요인이 극대화될 수 있는 것은 미처 선수들이 감정을 추스르기 전의 이른 시간.

그래서 공수가 교대된 순간에, 이 속설이 맞아떨어지는 경우가 가장 많이 발생했다. 그리고 이 속설은 오늘 경기에서도 들어맞았다.

19. 지명타자

부웅!

4회 말의 선두 타자로 나선 최순규가 휘두르던 방망이를 도중에 가까스로 멈춰 세웠다.

"볼넷!"

유인구에 속지 않고 잘 참아낸 덕분에 최순규는 볼넷을 얻어내서 1루로 출루했다.

"돌았어요. 방망이 끝이 돌았다니까요."

중앙 드래곤즈의 포수인 배신규가 헛스윙이라고 강하게 어필했지만, 1루심은 가로로 팔을 벌려 배트가 돌지 않았다고 확인해 주었다.

"제구가… 흔들려."

더그아웃에서 그 모습을 지켜보던 태식이 중얼거렸다.

풀카운트에서 마이크 버라디노가 던진 회심의 유인구에 속지 않고 잘 참아낸 최순규의 선구안이 좋았던 것은 인정하지 않을 수 없었다. 그렇지만 마이크 버라디노의 제구가 살짝 흔들린 것도 부인할 수 없었다.

충분한 휴식을 취하고 경기에 나선 마이크 버라디노의 컨디션은 아주 좋았다. 특히 승부구로 사용하는 궤적이 예리한 포크볼은 일품이었다.

실제로 태식도 마이크 버라디노가 던졌던 포크볼에 속아서 첫 타석에서 헛스윙 삼진으로 물러났었다.

그렇지만 찬스에서 팀 타선이 득점을 올리지 못한 것으로 인한 무력감 때문일까.

마이크 버라디노가 방금 던진 포크볼은 이전에 던졌던 포크볼과 조금 틀렸다.

이전에 마이크 버라디노가 던졌던 포크볼들보다 조금 일찍 아래로 떨어진 탓에 스트라이크가 아니라 볼이라는 것을 확연히 알 수 있었다. 그래서 최순규가 배트를 도중에 멈춰 세울 수 있었던 것이었고.

"위기 뒤에 찬스는 찾아왔어."

태식이 대기 타석에 선 채 마이크 버라디노와 이명기의 대결을 유심히 살폈다.

이명기는 신중하게 승부를 펼쳤고, 풀카운트 승부가 펼쳐졌다.

슈아악!

부우웅!

풀카운트에서 마이크 버라디노가 선택한 승부구는 이번에도 포크볼!

이명기가 휘두른 배트는 애꿎은 허공을 가르고 지나갔다.

헛스윙 삼진으로 승부가 그대로 끝난 것처럼 보였지만, 마지막 순간에 커다란 변수가 발생했다.

홈 플레이트 근처에서 원 바운드를 일으킨 공이 포수의 뒤로 빠진 것이었다.

"뛰어!"

미처 상황을 제대로 파악하지 못한 이명기에게 태식이 힘껏 소리쳤다. 그제야 스트라이크 낫아웃 상황임을 알아챈 이명기가 1루를 향해 전력으로 뛰기 시작했다.

포수 배신규가 몸을 돌려 재빨리 뛰어가 공을 잡은 후 1루로 송구했다.

타다닷.

팟!

이명기의 발이 1루 베이스에 닿은 것과, 배신규가 던진 송구가 1루수의 글러브에 도착한 것은 거의 동시였다.

"아웃!"

1루심이 아웃을 선언한 순간, 이명기가 숨을 몰아쉬면서 더그아웃을 향해 비디오 판독을 해달라고 요청했다.

이철승 감독이 이명기의 요구대로 비디오 판독을 요청했다.

잠시 뒤, 비디오 판독을 마치고 나온 주심이 판정을 번복해 세이프를 선언했다.

와아!

와아아!

무사 1, 2루 상황에서 태식이 타석으로 들어서자, 심원 패롯스 홈 팬들의 환호성이 터져 나오기 시작했다.

태식이 더그아웃으로 고개를 돌렸다.

보내기번트 타이밍.

그러나 이철승 감독은 보내기번트 작전을 지시하지 않았다.

'강공이라!'

벤치의 움직임이 없다는 것을 확인한 태식이 두 눈을 빛냈다.

보내기번트 작전을 펼칠 타이밍임에도 이철승 감독은 강공으로 밀어붙였다.

그 순간 퍼뜩 떠오른 이유는 두 가지.

우선 자신에 대한 믿음이었다.

트레이드를 통해서 심원 패롯스로 합류한 후 태식은 준수한 활약을 펼쳤다. 특히 결정적인 찬스에서 적시타를 잇따라 터뜨려 내면서 해결사 역할을 꾸준히 해냈다. 그런 태식의 활약은 홈 팬들의 마음만 열어젖힌 것이 아니었다. 이철승 감독에게도 믿음을 심어주는 데 성공했다.

또 하나의 이유는 대기 타석에 서 있는 김대희에 대한 믿음이 없어서였다.

마지못해 지명타자로 경기에 출전시키기는 했지만, 이철승 감독은 김대희를 전혀 신뢰하지 않았다. 올 시즌 내내 부진한 모습을 보였기 때문이다.

즉, 이철승 감독은 태식이 이번 찬스를 해결해 주기를 바라고 있는 것이었다.

그러나 태식은 이철승 감독과 생각이 조금 달랐다.

3루수가 아닌 지명타자.

김대희가 수비 부담이 없는 지명타자로 경기에 나선 것이 태식이 건넸던 충고를 받아들였다는 증거였다.

'찬스를 잇는다!'

만약 김대희가 수비 부담을 덜고 타석에서 집중한다면?

그래서 예전 좋았던 시절의 기량을 되찾는다면?

앞으로 아주 많은 것이 달라질 터였다. 그리고 강타자 김대

희가 다음 타선에 포진한다면 태식이 현재 안고 있는 부담감
도 줄어들 것이었다.

'승부처!'

태식이 크게 숨을 들이켰다.

지금이 승부처였다.

오늘 경기의 승부처임은 물론이고, 후반기 심원 패롯스의
명운을 가를 승부처이기도 했다.

슈아악!

마이크 버라디노가 초구를 던진 순간, 태식이 선택한 것은
번트였다.

보내기번트가 아닌 기습 번트.

틱. 데구르르.

태식이 기습 번트를 시도할 것이라고 예상치 못한 탓일까.

중앙 드래곤즈의 내야진은 눈에 띄게 허둥댔다.

3루 선상을 타고 굴러가는 번트 타구를 처리하기 위해서 3루
수와 투수, 포수가 동시에 모여들었다.

타다다닷.

최선은 타자 주자인 태식도 1루에서 사는 것이었고, 차선은
주자들을 안전하게 한 루씩 진루시키는 것이었다.

'벗어났나?'

선상을 타고 천천히 굴러가던 번트 타구가 마지막 순간에

라인을 벗어나며 파울이 될 확률도 충분했다. 그렇지만 지금은 그것을 확인하고 있을 때가 아니었다. 일단 1루까지 최선을 다해서 달릴 때였다.

탓!

베이스를 발로 밟은 태식이 그제야 고개를 돌렸다.

아직 1루로 송구가 도착하지 않은 상태.

'역시 파울이었나?'

살짝 실망했던 태식의 눈에 3루 선상에 엉거주춤한 자세로 모여 있는 3루수와 투수, 포수가 보였다.

'파울이… 아니다?'

와아!

와아아!

홈 팬들의 환호성, 그리고 망연자실한 표정을 짓고 있는 3루수를 확인한 태식이 확신을 품었다.

3루수가 저런 표정을 짓고 있는 이유.

번트 타구가 마지막에 라인을 벗어나며 파울이 되기를 기대하며 기다렸지만, 그 기대가 빗나갔기 때문이다.

태식의 예상대로였다.

번트 타구는 3루 선상을 벗어나기 직전에 멈춰 서 있었다.

무사 만루!

태식의 기습 번트 성공으로 상황은 무사 만루로 바뀌었다.

그리고 절호의 득점 찬스에서 김대희가 타석으로 들어섰다.

우우!
우우우!

타석으로 들어서는 김대희에게 쏟아진 것은 홈 팬들의 야유였다.

야유가 쏟아질 거라고 어느 정도 예상을 하고 있었다. 그리고 야유를 받은 것이 이번이 처음도 아니었다.

그렇지만 여전히 적응은 되지 않았다.

'내가… 자초한 거야!'

얼마 전까지만 해도 자신에게 야유를 쏟아내는 홈 팬들에게 화가 났고, 또 서운한 감정도 들었다. 그러나 지금은 생각이 또 바뀌었다.

홈 팬들이 쏟아내는 야유 역시 고액 연봉을 받는 프로야구 선수가 감당해야 할 숙명이란 생각이 들었다. 그리고 홈 팬들의 야유를 다시 환호로 바꿀 수 있는 방법은… 결국 야구를 잘하는 것뿐이었다.

"일단… 기회는 왔다!"

무사 만루의 찬스.

상대 투수는 중앙 드래곤즈의 에이스인 외국인 투수 마이크 버라디노.

'만약 찬스에서 팽팽한 균형을 깨뜨리는 적시타를 때려낸다면?'

무척 길고 깊었던 부진에서 탈출할 수 있는 좋은 계기가 될 수도 있었다.

슈아악!

마이크 버라디노가 던진 초구를 확인한 김대희가 움찔했다.

몸 쪽 높은 코스로 들어오는 직구!

딱 치기 좋은 코스로 들어온 직구는 눈에 크게 들어왔다. 그래서 본능적으로 배트를 내밀 뻔했던 것을 가까스로 참아낸 김대희가 쓴웃음을 머금었다.

'이제… 공식이 됐군!'

—손목 부상을 당한 이후 김대희의 배트 스피드가 떨어졌다.

각 팀의 전력 분석원들은 이 점에 주목했고, 그 약점을 집요하게 파고들기 시작했다.

이제는 김대희가 타석에 들어설 때마다, 몸 쪽 직구 승부를 펼치는 것이 마치 공식처럼 되어 있는 상황이었다.

'쉽게 당하지 않아!'

김대희가 배트를 고쳐 쥐었다.

딱!

2구째로 들어온 구종도 직구였다.

147㎞의 구속을 기록한 바깥쪽 직구가 들어온 순간, 김대희가 힘차게 배트를 휘둘렀다.

'밀렸다?'

수 싸움에 성공했음에도 타구가 밀렸다.

높이 떠오른 채 1루 측 관중석에 떨어진 파울 타구를 확인한 김대희가 혀를 내밀어 갈라진 입술을 축였다.

"볼!"

"볼!"

3구와 4구째로 커브와 슬라이더가 잇따라 들어왔지만, 김대희는 유인구를 잘 참아내며 볼카운트를 유리하게 만드는 데 성공했다.

쓰리 볼 원 스트라이크.

무사 만루 상황인 만큼, 밀어내기 볼넷을 의식하지 않을 수 없는 상황.

슈아악!

마이크 버라디노가 무조건 스트라이크를 던질 것이라고 판단한 김대희가 두 눈을 빛내며 힘차게 배트를 휘둘렀다.

따악!

묵직한 타격음이 그라운드에 울려 퍼졌다. 그러나 김대희는

1루로 향해 뛰어가는 대신 아쉬운 표정을 지었다.

'늦었어!'

마이크 버라디노가 선택한 구종은 직구.

148㎞의 구속을 기록하며 몸 쪽으로 파고든 직구를 받아쳤지만, 배트 스피드가 제대로 따라가지 못했다.

3루수의 키를 넘긴 타구는 파울 라인을 벗어난 곳에 떨어졌다.

물론 높게 떠올랐다가 1루 측 관중석에 떨어지는 타구를 날렸을 때에 비해서는 훨씬 나아졌다.

이번 타구는 관중석에 떨어지는 대신, 파울 라인에서 약 3미터가량 벗어났으니까.

또, 배트 중심에 걸린 정타가 되면서 타구의 속도도 더 빨랐다.

타격 타이밍이 점점 맞아 들어가고 있다는 증거.

실제로 조금 전에 묵직한 타격음이 울려 퍼진 순간, 마이크 버라디노도 당황한 기색이 역력했다.

그러나 김대희는 웃지 못했다.

풀카운트로 변하면서 머릿속이 복잡해졌기 때문이다.

'포크볼? 직구?'

마이크 버라디노가 오늘 경기에서 승부구로 사용하고 있는 포크볼은 무척 위력적이었다.

첫 타석에서도 김대희는 그 포크볼에 당해서 삼진으로 물러났었다.

직구도 부담스러운 것은 마찬가지였다.

140㎞대 후반의 구속을 자랑하는 빠른 직구에 아직 배트 스피드가 따라가지 못하는 상황이었기 때문이다.

'무엇을 택할까?'

무사 만루의 위기에 몰려 있는 마이크 버라디노가 어떤 공을 승부구로 선택할지 가늠이 되지 않았다.

'두 구종을 모두 대비한다?'

김대희가 이내 고개를 흔들었다.

두 가지 구종을 모두 대비하며 타격에 임하다가는 좋지 않은 결과가 나올 확률이 높다는 사실을 김대희도 알고 있었다.

'어느 공을 노릴까?'

초조한 기색을 감추지 못하고 있던 김대희의 시선이 우연히 1루 주자인 김태식에게 닿았다.

흔들.

그 순간, 김태식은 강렬한 시선을 던지면서 고개를 흔들었다.

'왜?'

김태식이 고개를 흔든 이유를 파악하기 어려웠다. 그래서 의아한 시선을 던지고 있던 김대희가 두 눈을 가늘게 좁혔다,

방금 전에 고개를 흔든 제스처가 꼭 어떤 사인처럼 느껴졌다. 그리고 잠시 뒤, 김태식이 허공에 자신의 왼손을 들어 올렸다.

두 번째 제스처!

마치 공을 쥔 것처럼 검지와 중지를 쫙 벌리고 있는 김태식의 손 모양을 확인한 김대희가 두 눈을 빛냈다.

'포크볼 그립!'

김태식의 손 모양이 포크볼 그립이라는 것을 알아채지 못할 김대희가 아니었다.

'포크볼 그립을 쥐었다. 그리고 고개를 흔들었다?'

김태식이 보내고 있는 사인에 담긴 의미를 파악하기 위해 애쓰던 김대희가 한 걸음 뒤로 물러나며 자세를 풀었다.

'포크볼은… 없다! 이거였어.'

최순규를 상대로 풀카운트에서 포크볼을 던졌지만, 최순규는 속지 않고 잘 참아내며 볼넷으로 걸어 나갔다.

이명기를 상대로도 풀카운트에서 포크볼을 던진 것은 마찬가지였다. 그리고 결과는 좋지 않았다.

이명기의 배트를 끌어내는 데까지는 성공했다. 그러나 포크볼이 너무 일찍 꺾이면서 바운드를 일으켰고, 포수가 블로킹을 하기 어려운 방향으로 바운드가 일어나는 바람에 스트라이크 낫아웃 상황으로 바뀌며 무사 1, 2루의 위기에 처했었다.

'포크볼 제구가 뜻대로 되지 않는다!'

무사 만루 상황에서 다시 승부구로 제구가 뜻대로 되지 않는 포크볼을 던지는 것은 너무 위험 부담이 크다.

이것이 김태식이 1루에서 행한 두 가지 제스처를 통해서 자신에게 전달하고 싶었던 메시지였다.

'직구가 들어온다!'

포크볼을 배제하면 남는 것은 직구뿐이었다.

'몸 쪽 직구!'

마이크 버라디노의 노림수는 몸 쪽 빠른 직구를 던져서 배트를 끌어내고 병살타를 유도하는 것이 될 확률이 높았다.

'순순히 당하지는 않아!'

슈아악!

김대희가 각오를 다진 순간, 마이크 버라디노가 6구째 공을 던졌다.

예상대로 몸 쪽 낮은 코스로 들어오는 직구!

따악!

이를 악문 김대희가 매섭게 휘두른 배트의 중심에 걸린 타구가 유격수 방향으로 날아갔다.

20. 퍼즐 조각

따악!

경쾌한 타격음이 울려 퍼진 순간, 이철승이 감독석에서 벌떡 일어섰다.

'빠져나가라!'

배트 중심에 걸린 잘 맞은 타구.

하지만 우려가 되는 것은 타구의 코스였다.

중앙 드래곤즈의 유격수인 윤병모가 타구를 잡아내기 위해 아끼지 않고 몸을 던졌다.

만약 윤병모에게 잡힌다면 병살타로 이어질 수도 있다는 생각에 굳어졌던 이철승의 표정이 이내 펴졌다.

워낙 타구의 속도가 빨랐던 터라 윤병모가 몸을 날리며 쭉 내밀었던 글러브는 공에 닿지 못했다.

깔끔한 좌전 안타.

그사이 3루 주자는 물론이고, 2루 주자까지 홈으로 파고들었다.

'됐다!'

이철승이 기쁜 기색을 감추지 않고 드러냈다.

무사 만루 상황에서 타석에 들어섰던 김대희에게 큰 기대를 갖지 않기에 기쁨이 더욱 컸다.

"내일 경기에 출전하고 싶습니다."

지난밤에 불쑥 감독실로 찾아왔던 김대희가 꺼냈던 부탁.

그 말을 들은 순간, 이철승의 가슴은 납덩어리에 눌린 것처럼 답답해졌었다.

솔직한 내심은 오늘 경기에 출전시키고 싶지 않았다.

그럼에도 불구하고 김대희를 오늘 경기에 출전시킨 이유는 두 가지.

하나는 그 부탁을 거절할 마땅한 핑곗거리를 찾지 못했기 때문이다. 그리고 또 하나는 김대희가 확신을 갖고 던졌던 말 때문이다.

"이전과는 분명히 다를 겁니다."

그 말을 곧이곧대로 믿은 것은 아니었다. 그런데 방금 전 타석에서 김대희는 자신이 했던 말이 공수표를 남발한 것이 아니었음을 증명했다.

148km.

140km대 후반의 구속을 기록한 마이크 버라디노의 빠른 직구에 김대희의 배트 스피드는 전혀 밀리지 않았다.

부상 복귀 후에 배트 스피드가 떨어지는 약점을 노출했고, 그 약점을 철저하게 공략당한 것이 김대희가 슬럼프에 빠진 가장 큰 이유 가운데 하나였는데.

김대희가 방금 전 타격에서 보여준 모습은 분명히 이전과는 달랐다.

"어떻게… 가능했지?"

김대희에게 주어졌던 시간은 그리 길지 않았다.

올스타 브레이크 기간이 전부였으니까.

그런데 그 짧은 사이에 김대희는 확 바뀌었다. 그 이유에 대해서 고심하던 이철승이 주목한 것은 김대희가 지명타자로 경기에 나섰다는 것이었다.

"수비 부담을 덜었기 때문에… 타석에서 더 집중할 수 있었던 건가?"

충분히 가능성이 있는 추론이었다. 그렇지만 이것만으로는 이 상황을 다 설명하기에 미흡하다는 생각이 들었다.

"어쨌든… 지금 중요한 건 그게 아니지."

2 : 0.

예상치 못했던 김대희의 타석에서의 활약 덕분에 선취점을 올렸다. 그렇지만 2점을 올린 것만으로는 아쉬웠다.

무사 1, 2루의 득점 찬스가 이어지고 있는 상황.

만약 추가 득점을 올릴 수만 있다면 심원 패롯스의 선발투수가 에이스인 톰 하디인 것을 감안하면 승기를 확실히 잡을 수 있었다.

"보내기번트!"

이철승이 추가 득점을 올리기 위해서 작전 지시를 내렸다.

틱. 데구르르.

7번 타자 조용기는 충실하게 작전을 이행하는 데 성공했다.

1사 2, 3루로 바뀐 상황에서 타석에 들어선 것은 8번 타자 용덕수였다.

따악!

초구부터 과감하게 공략한 용덕수가 날린 타구를 중견수가 원래 자리에서 다섯 걸음가량 뒤로 물러나서 받았다.

그사이, 3루 주자였던 김태식이 태그업을 시도해서 여유 있게 홈으로 들어왔다.

3 : 0.

바라던 대로 추가 득점을 올리는 데 성공한 순간, 이철승이 깍지를 끼고 있던 양손에 힘을 더하며 말했다.

"이제… 계산이 서기 시작한다!"

딱!

타구가 높이 솟구친 순간, 톰 하디가 손을 들어 타구를 가리켰다.

포수 마스크를 벗어 던진 용덕수가 고개를 들어서 타구를 확인한 후 침착하게 포구에 성공했다.

"경기 종료!"

심판이 경기 종료를 선언한 순간, 배터리로 호흡을 맞춘 용덕수와 톰 하디가 하이파이브를 나누었다.

최종 스코어 3 : 1.

태식의 예상대로였다.

오늘 경기 심원 패롯스의 승리를 위해서는 4회 말에 올린 3득점이면 충분했다.

톰 하디는 팀의 에이스답게 단 1실점만을 허용하며 완투승을 거두었다.

'이제… 그림이 그려진다!'

비록 오늘 경기에서 타점을 올리지 못했지만, 태식은 환하게 웃었다.

단 한 경기를 치른 것에 불과했지만, 심원 패롯스가 달라졌다는 확신을 가질 수 있었기 때문이다.

"퍼즐 조각을 하나 맞췄어!"

심원 패롯스가 후반기에 성적이 반등해서 가을 야구에 진출하고, 또 우승을 하기 위해서는 완성체가 돼야 했다.

물론 현재 심원 패롯스는 완성체와는 거리가 멀었다.

아직 부족한 부분이 많았기 때문이다.

그렇지만 김대희의 가세로 하위 타선에 힘이 실리면서 하나의 퍼즐 조각이 더 맞춰진 셈이었다. 그리고 이 퍼즐 조각이 맞춰짐으로써 전혀 그려지지 않던 전체의 그림이 서서히 드러나기 시작했다.

"다음 퍼즐 조각은?"

태식이 머릿속으로 떠올리고 있던 생각을 이내 지웠다.

김대희가 자신의 앞으로 다가왔기 때문이다.

'기분이 상하지 않았을까?'

아까 경기 중에 태식이 1루에서 건넸던 충고로 인해 김대희의 자존심이 구겨졌을 가능성은 충분했다.

해서 태식이 우려했지만, 기우였을 뿐이었다.

자신과 하이파이브를 나누기 위해 오른손을 높이 들어 올리고 있는 김대희의 표정은 무척 밝았다.

길었던 슬럼프에서 벗어날 수 있는 계기를 마련했기 때문일 터.

태식도 허공으로 오른손을 들어 올렸다.

"감사합니다."

김대희의 인사를 받은 태식이 웃으며 화답했다.

"잘했다!"

쫘악!

태식과 김대희의 손이 허공에서 힘차게 마주쳤다.

*   *   *

"너무… 오버가 아닐까요?"

송나영이 난색을 드러냈다.

심원 패롯스의 후반기 첫 경기였던 중앙 드래곤즈와의 3연전 첫 번째 경기.

승리는 심원 패롯스에게 돌아갔다.

덕분에 심원 패롯스는 5연패에서 벗어났고, 수훈 선수로는 두 선수가 꼽혔다.

9이닝 1실점 완투승을 거둔 팀의 에이스인 톰 하디와 지명타자로 출전해서 결승 타점이 된 2타점 적시타를 날린 김대희였다.

"너무… 과했나요?"

멋쩍게 웃으며 머리를 긁적이고 있는 김태식에게 송나영이 대답했다.

"네, 오버 맞거든요. 김대희 선수가 오늘 경기에서 결승 타점을 기록한 것은 사실이지만, 겨우 한 경기일 뿐이잖아요. 더구나 4타수 1안타에 불과해요. 이것만 갖고 김대희 선수의 가세로 심원 패롯스의 타선이 막강해졌다는 기사를 내는 것은 아무리 생각해도 오버처럼 느껴지네요. 우리 캡이 순순히 이 기사를 내도록 허락할 가능성도 낮고요."

"그럴 수도 있겠네요. 그렇지만 위험을 감수해야 남들보다 한 걸음 앞설 수 있는 것 아닐까요?"

"위험을 감수해야 한 걸음 앞설 수 있다?"

김태식은 순순히 물러나지 않았다. 그리고 의미심장한 웃음을 머금고 있는 김태식을 확인하고 나니 호기심이 치밀었다.

"무슨 뜻이죠?"

"만약 제가 드린 말씀이 현실이 되면 어떨까요?"

"……?"

"그때 기사를 써봐야 말 그대로 상황을 알려주는 것밖에는 되지 않습니다. 그렇지만 그 상황이 벌어지기 전에 미리 예측해서 기사를 내보낸다면 조금 다르죠. 똑같은 기사라 하더라도 기사의 가치는 큰 차이가 나지 않을까요?"

송나영이 고개를 끄덕였다.

틀린 말은 아니었다.

바뀐 것을 확인하고 나서 다른 언론사들과 함께 보도를 내보낸다면, 그 기사는 가치가 떨어질 수밖에 없었다.

"확신이 있나요?"

"물론 확신이 있습니다."

"하지만⋯⋯."

"같은 배를 탄 사람에게 거짓 정보를 건네지는 않습니다."

"이렇게까지 확신하시는 어떤 근거가 있나요?"

"가장 가까이서 지켜보고 있으니까요."

"가장 가까이서 지켜보고 있다?"

"상생!"

"상생⋯ 이요?"

김태식이 희미한 웃음을 떠올린 채 꺼낸 말을 들은 순간, 송나영이 두 눈을 빛냈다.

일전에 김태식과 나누었던 대화가 떠올랐기 때문이다.

"제가 원하는 것은 경쟁이 아닙니다. 상생입니다."

그 말을 들었을 당시에는 쉽지 않을 것이라 판단했다.

상생을 위해서는 서로 마음을 열어야 했고, 그것이 쉽지 않은 지난한 작업이 될 거라 생각했기 때문이다.

"대회가 끝이 아닙니다."

"네?"

"만호도 곧 제 몫을 하기 시작할 겁니다."

"그렇지만……."

"두고 보세요. 우리 팀이 더 단단해지고 있으니까요."

확신에 찬 표정으로 말하는 김태식을 보고 있자니 갑자기 궁금해졌다.

"마지막으로 하나만 더 물을게요. 김대희 선수에 대한 기사를 내달라고 태식 씨가 이렇게 부탁하는 진짜 이유가 뭐죠?"

"우리 팀의 동료이니까요. 그리고 간신히 슬럼프에서 빠져나왔으니까요."

"그게 다인가요?"

송나영의 질문을 받은 김태식이 웃으며 덧붙였다.

"굳이 하나 더 이유를 꼽자면… 칭찬은 고래도 춤추게 하는 법이니까요."

*   *   *

이연수 VS 마크 스튜어트.

심원 패롯스와 중앙 드래곤즈의 3연전 두 번째 경기의 양 팀의 선발투수였다.

선발투수의 면면에서는 우열을 가리기 힘든 상황.

"어떻게 될까?"

기자석에서 경기를 지켜보고 있던 송나영이 불안한 표정을 감추지 못한 채로 작게 중얼거렸다.

<슬럼프에서 벗어난 김대희의 가세! 심원 패롯스 타선의 기 폭제 역할을 맡았다>

송나영이 이 기사를 작성해서 내밀었을 때, 유인수가 내보 인 반응은 무척 격했다.

그가 격한 반응을 보인 이유는 크게 두 가지.

하나는 고작 안타 하나 때려낸 것 같고 부화뇌동하지 말라 는 것이었고, 나머지 하나는 지난번에 냈던 기사와 논조가 너 무 다르다는 것이었다.

틀린 지적은 아니었다.

송나영은 지난 기사에서 김대희와 강만호의 부진으로 인해 심원 패롯스가 연패에 빠졌다고 강조했다. 그런데 후속 기사에서 정반대의 논조를 펼치는 셈이니, 유인수가 충분히 흥분할 만했다.

그럼에도 불구하고 송나영은 기사를 실어달라고 끝까지 밀어붙였다. 덕분에 이 기사는 조간 신문 3면에 실릴 수 있었다.

물론 유인수가 송나영의 요구를 아무런 조건 없이 받아 주었을 리 없었다. 송나영은 이 기사를 지면에 싣기 위해서 기자 직책까지 내걸었다.

"김대희가 부진하고, 심원 패롯스 타선이 계속 죽 쑤면, 약속대로 사표 쓰는 거다. 니 입으로 분명히 그렇게 말했어."

몇 번씩이나 약속을 받은 걸로 모자라 녹음까지 하던 유인수를 떠올리던 송나영이 한숨을 내쉬었다.

"자동차 할부금 아직 많이 남았어요. 카드값도 꼬박꼬박 내야 하고, 공과금도 두 달 밀렸어요. 그러니까 저 잘리면 진짜 큰일 나요."

마치 김태식에게 하소연이라도 하듯이 작게 혼잣말을 중얼거리던 송나영이 그라운드로 시선을 던졌다.

딱!

1회 말 공격에 나선 심원 패롯스의 리드오프인 이종도가 때린 빗맞은 타구가 3루 쪽으로 느릿하게 굴러갔다.

"뛰어! 더 빨리 뛰어요!"

1루 베이스를 향해서 전력 질주 하고 있는 이종도에게 송나영이 소리를 질렀다.

그 응원이 통한 걸까.

"세이프."

이종도는 1루에서 간발의 차이로 세이프가 선언됐다.

자신도 모르는 사이 벌떡 일어난 채 환호하던 송나영이 자신에게 향해 있는 다른 기자들의 시선을 느끼고 슬그머니 다시 앉았다.

"좀 이해해 주세요. 오늘 경기 결과에 따라서 제가 백수가 될 수도 있거든요."

틱! 데구르르.

이철승 감독은 선취점을 올리기 위해서 2번 타자 임현일에게 희생번트를 지시했다.

희생번트가 성공해서 1사 2루로 바뀐 상황에서 타석에 들어선 3번 타자 최순규는 초구와 2구로 들어온 유인구에 잇따라 헛스윙을 하며 순식간에 불리한 볼카운트에 몰렸다.

원 볼 투 스트라이크 상황에서 마크 스튜어트는 몸 쪽 커브를 던졌다. 그러나 공이 손에서 빠지면서 몸 쪽으로 너무 붙었다.

"피하지 마!"

송나영이 다시 벌떡 일어나며 소리쳤다.

"직구가 아니라 커브예요. 별로 안 아플 테니까 제발 피하지 말아욧!"

그 외침을 들었을까?

공을 피하기 위해서 본능적으로 타석에서 뒤로 물러나던 최순규가 마지막 순간에 흠칫하며 멈추었다.

퍽!

덕분에 엉덩이 부근에 공을 맞은 최순규가 1루로 절뚝거리며 걸어 나가는 것을 확인한 송나영이 주먹을 불끈 쥔 채 소리쳤다.

"잘했어요. 아주 잘 맞았어요!"

무심코 입 밖으로 말을 내뱉고 난 후, 송나영이 얼굴을 붉혔다. 스스로 생각해 봐도 조금 이상한 표현이었기 때문이다.

1사 1, 2루 상황에서 타석에 들어선 4번 타자 이명기는 초구부터 과감하게 배트를 휘둘렀다.

따악!

정확한 타이밍에 걸린 잘 맞은 타구는 3루수와 유격수 사이를 꿰뚫는 좌전 안타가 됐다.

"아!"

2루 주자였던 이종도의 주루 플레이를 살피던 송나영이 아쉬운 마음을 감추지 못하고 탄식을 토해냈다.

워낙 잘 맞은 터라 타구의 속도가 빠르긴 했지만, 이종도의 빠른 발을 감안하면 홈에서의 승부도 가능한 상황이었다.

그렇지만 심원 패롯스의 3루 주루 코치가 막아 세운 바람에 선취점을 올릴 수 있는 기회를 날린 셈이었다.

"그냥 돌렸어…!"

작게 중얼거리던 송나영이 도중에 입을 다물었다. 이명기의 뒤를 이어 타석에 등장하는 김태식을 발견했기 때문이다.

"김태식, 파이팅!"

송나영이 김태식에 대한 기대를 감추지 않고 드러내고 있을 때였다.

따악!

묵직한 타격음이 울려 퍼졌다.

하늘 높이 떠오른 타구의 궤적을 열심히 눈으로 좇던 송나영의 표정이 이내 아쉬움으로 물들었다.

펜스 근처에 미리 도착해서 기다리고 있던 우익수가 들어 올린 글러브에 타구가 잡혔기 때문이다.

타다닷.

타다다닷.

김태식이 때린 플라이 타구가 우익수의 글러브에 들어간 순간, 3루 주자와 2루 주자가 동시에 태그업을 시도했다.

1 : 0.

심원 패롯스가 선취점을 올리며, 2사 1, 3루 상황으로 바뀌었다.

희생플라이!

분명히 나쁜 결과는 아니었다. 지금 상황에서 가장 필요한 플레이라고 해도 과언이 아니었다.

그렇지만 송나영은 못내 아쉬움이 남았다.

1사 만루 상황에서 고작 1득점에 그치는 것은 분명히 아쉬운 결과였기 때문이다.

'어떻게 될까?'

6번 지명타자 김대희가 타석에 들어선 순간, 송나영이 두 눈을 가늘게 좁힌 채 유심히 살피기 시작했다.

21. 나비효과

'승부처!'

타석에 들어선 김대희가 머리를 비웠다.

복잡하게 생각할 필요가 전혀 없었다.

'초구를 노린다!'

승부를 길게 끌고 갈 생각은 없었다.

'분명히 몸 쪽 직구 승부가 들어온다!'

비록 지난 경기에서 직구를 공략해서 2타점 결승 적시타를 터뜨렸지만, 겨우 한 번일 뿐이었다.

자신의 배트 스피드가 떨어지며 몸 쪽 빠른 직구에 약점을 보인다는 사실이 이미 널리 알려져 있는 상황.

분명 자신의 배트를 끌어내기 위해 몸 쪽 코스의 직구가 들어올 확률이 높은 상황이다.

"후우!"

타격 자세를 취하기 전에 김대희가 더그아웃 쪽으로 고개를 돌렸다. 그리고 희생플라이를 날린 후 더그아웃에 돌아가 있는 김태식을 바라보았다.

"약점을 지우면… 강점으로 바뀐다고 했었지!"

김대희가 그 충고를 들었을 당시의 기억을 더듬었다.

"네 약점이 뭐라고 생각해?"

훈련장에 함께 들어선 김태식이 질문을 던졌다.

"제 약점은… 부상 복귀 이후에 배트 스피드가 떨어져서 빠른 공에 제대로 대처하지 못하는 것입니다."

오래 고민할 필요도 없었다.

각 팀의 전력 분석원들이 모두 알고 있는 약점을 김대희 본인이 모를 리 없었다. 그래서 대답하자, 김태식이 희미한 웃음을 머금었다.

"다행히 잘 알고 있네."

'다행… 이라고?'

다행이라는 표현으로 인해 막 기분이 상하려던 순간이었다.

"문제점을 알고 있으면 해결하기도 쉬우니까."

"그게 말처럼 그렇게 쉬운 것이……."

"덕수와 나처럼."

김태식이 덧붙인 말을 듣고서 김대희가 입을 다물었다.

김태식과 용덕수.

두 선수가 처한 상황은 달랐지만, 평가는 엇비슷했다.

김태식과 용덕수 모두 수비에 비해 공격력이 약했던 편이었다. 그런데 그 평가가 무색하리만치 두 선수는 최근 들어 공수에서 모두 맹활약을 하고 있었다.

처음에는 반짝 활약일 거라 여겼다. 그렇지만 기세가 꺾이지 않고 반짝 활약이 계속 이어지고 있는 지금은 김대희의 생각이 조금 바뀌었다.

무슨 수를 썼는지는 몰라도 약점을 극복했기 때문에 타석에서 활약이 이어지고 있는 것이었다.

'대체 무슨 수를 썼을까?'

김대희의 호기심이 치밀어 오른 순간, 김태식이 말을 이었다.

"우리가 안고 있던 문제도 너와 똑같았어."

"……?"

"빠른 공에 제대로 대처를 못 했지. 그런데 그 문제를 해결하고 나니까 타석에서 아주 많은 변화가 생겼어."

"어떻게… 해결했습니까?"

김대희가 참지 못하고 질문한 순간, 김태식이 대수롭지 않게 대꾸했다.

"훈련을 통해 해결했지."

"제 말씀은 대체 어떤 훈련을 통해서 해결했냐는 겁니다."

"저 녀석과 함께 훈련했지."

김태식이 손을 들어 어딘가를 가리켰다. 그가 가리키고 있는 방향으로 시선을 돌린 김대희의 눈에 들어온 것은 피칭머신이었다.

'피칭머신을 상대로 타격 훈련을 해서 문제를 해결했다?'

김대희가 반신반의하는 시선을 던졌다. 그가 김태식에게 이런 시선을 던진 이유는 크게 두 가지였다.

우선 구속!

"피칭머신의 최고 구속은 고작 140㎞가 아닙니까?"

현재 심원 패롯스의 실내 훈련장에 비치되어 있는 2휠 방식 피칭머신의 최고 구속은 140㎞.

이 피칭머신을 상대로 훈련한다고 해서 빠른 공에 제대로 대처하지 못한다는 약점을 해결할 수 있다는 것이 믿기지 않았다.

"2휠 방식이니까 최고 구속이 140㎞가 맞아. 그렇지만 미국 업체에서 제작한 3휠 방식의 피칭머신은 최고 구속이 160㎞까지 나오지."

"하지만……."

"지금 훈련장에 구비되어 있는 것은 2휠 방식의 피칭머신이 아니냐? 그러니 이 피칭머신으로 훈련해서 약점을 해결할 수 있느냐? 이렇게 말하고 싶은 거지?"

"네. 바로 그겁니다"

"네 말대로야. 그렇지만 다 해결 방법이 있지. 네가 우려하는 부분을 해결할 수 있는 방법은 두 가지야."

"어떤 방법입니까?"

"첫 번째 방법은 피칭머신을 바꾸는 거지."

"……?"

"너는 나나 덕수와는 입지가 많이 다르잖아. 네가 요청한다면 미국 업체에서 제작한 3휠 방식의 피칭머신을 구입해서 훈련장에 비치해 줄 거야."

틀린 말은 아니었다.

프랜차이즈 스타이자 고액 연봉자인 자신이 요청한다면 구단에서 3휠 방식의 피칭머신을 구입해 줄 가능성이 컸다. 그리고 만약 거절한다면, 사비를 털어서라도 피칭머신을 구입할 수도 있었다.

문제는 시간이었다.

'이 과정을 거쳐서 미국 업체에서 제작한 3휠 방식의 피칭머

신이 훈련장에 도착할 때까지 걸리는 시간은?'

최소 보름 이상, 길면 한 달 이상 걸릴 확률이 높았다.

김대희로서는 그때까지 느긋하게 기다릴 여유가 없었다.

그런 자신의 속내를 눈치챈 걸까?

김태식이 두 번째 방법을 꺼냈다.

"두 번째 방법은 수학을 이용하는 거야."

"수학… 이요?"

"좀 더 정확히 말하면 방정식이지."

"방정식?"

"왜? 수학과 방정식이란 이름만 들어도 골치가 아픈가 보지?"

공부와는 오랫동안 담을 쌓았던 만큼, 부인하기 어려웠다. 그래서 김대희가 난감한 표정을 짓고 있자, 김태식이 웃으며 덧붙였다.

"걱정할 것 없어. 선배가 좋은 이유가 다 있으니까."

"……?"

"골치 아픈 방정식은 이미 내가 진즉에 풀어두었다. 넌 그냥 저 피칭머신을 상대하기만 하면 돼."

무슨 뜻일까?

김대희의 의문은 머지않아 풀렸다.

"여기다. 여기라면 140㎞ 중반의 직구와 상대하는 셈이 돼."

'피칭머신을 바꾸는 대신, 피칭머신과 타자 사이에 떨어진 거리를 바꾸었다?'

김대희가 고개를 끄덕였다.

김태식이 고안한 방식대로 훈련한다면 아까 고민했던 것에 대한 해결책이 될 수 있었기 때문이다.

그렇지만 김대희의 표정은 환하게 밝아지지 않았다. 또 하나의 의문이 여전히 풀리지 않고 남아 있었기 때문이다.

"이 훈련 방식을 통해서 빠른 볼에 제대로 대처하지 못한다는 약점을 해결할 수 있을 것 같습니다. 그렇지만 빠른 볼에 대처하는 능력을 갖춘다고 해서 슬럼프에서 벗어날 수 있을까요?"

피칭머신과 실제 경기에서 상대하는 투수는 다르다.

수 싸움도 펼쳐야 했고, 투수가 던지는 구종도 무척 다양했다.

'빠른 공에 대처하는 능력이 향상되는 것만으로 과연 타격 슬럼프에서 벗어날 수 있을까?'

이 의문이 계속 사라지지 않고 김대희를 괴롭혔다. 그리고 김태식도 일리가 있다는 듯 고개를 끄덕였다.

"갑자기 전부 해결되지는 않아. 시간이 더 필요하겠지. 그렇지만 슬럼프에서 벗어날 수 있는 단초는 될 수 있다. 그리고……."

"그리고… 뭡니까?"

김태식이 대답했다.

"약점을 지우면… 강점으로 바뀌게 마련이야."

'약점을 지우면 강점으로 바뀌게 마련이다!'

김태식이 건넸던 충고를 김대회는 계속 곱씹었다. 덕분에 그 충고에 담긴 진짜 의미를 깨달을 수 있었다.

세상에 완벽한 타자는 없다. 아무리 좋은 타자라도 약점을 갖고 있다. 그리고 각 팀 전력 분석원들의 역할은 선수들의 약점을 파악해서 전달하는 것이다.

즉, 머잖아 그 약점이 드러날 수밖에 없다. 그리고 상대 팀은 타자가 가진 약점을 집중적으로 공략하게 마련이다.

이것이 예전에 비해 더 정밀하고 콤팩트해진 현대 야구의 특징이었다. 그리고 김태식이 던진 충고는 현대 야구의 특징을 역으로 이용하라는 것이었다.

"부상 이후에 배트 스피드가 떨어지면서 빠른 공에 제대로 대처하지 못한다는 너의 약점은 이미 만천하에 드러났다. 이 사실을 모르는 팀은 없다. 당연히 중요하고 결정적인 순간이 찾아오면 너를 상대할 때 이 약점을 파고들 것이다. 그런데 만약 이 약점을 미리 해결하고 기다린다면? 만약 네가 이 약점을 해결했다는 사실을 전력 분석원들이 미처 파악하기 전이라면 어떻게 될까?"

이것이 김태식이 충고를 통해서 진짜 하고 싶었던 이야기.

"많이, 아주 많이 달라지겠죠."

타석에 서 있던 김대희가 그 질문에 대답하듯이 작게 혼잣말을 중얼거린 후, 배트를 고쳐 쥐었다.

슈아악!

아까의 예상은 빗나가지 않았다.

마크 스튜어트의 평균 직구 구속은 142㎞.

어제 경기에 선발투수로 등장했던 마이크 버라디노에 비해 약 5㎞ 정도 구속이 떨어지는 편이었다.

김대희가 갖고 있는 약점을 공략하기 위해서 배터리가 몸쪽 직구를 던진 순간, 김대희가 이를 악물었다.

그동안 훈련을 줄이라는 김태식의 조언을 충실히 따랐다. 그러나 타격 훈련을 하는 양은 오히려 늘어났다.

수비 훈련을 포기하는 대신에 타격 훈련에만 집중했기 때문이다.

그런 훈련 방식의 변화는 분명히 효과가 있었다.

피칭머신을 상대로 한 타격 훈련.

'몸에서 힘을 최대한 뺀다. 장타를 의식하지 않고 가볍게 친

다는 느낌으로.'

따악!

경쾌한 타격음이 흘러나온 순간, 김대희가 고개를 들어 타구의 궤적을 눈으로 좇았다.

'밀렸… 다!'

피칭머신을 상대한 지 아직 그리 오랜 시간이 흐르지 않은 시점.

약점을 극복해서 빠른 공에 완벽하게 대처하기에는 무리가 있었다. 그렇지만 분명히 이전보다는 나아졌다.

'안으로 들어가라!'

1루 베이스를 향해 내달리며 김대희가 간절히 바랐다. 타이밍이 밀리면서 살짝 먹힌 타구는 1루수의 키를 넘겼다.

1루수와 2루수, 그리고 우익수가 동시에 낙하지점 근처로 모여들었고, 가장 근접한 2루수가 마지막 순간에 몸을 날리며 글러브를 쭉 뻗었다.

툭!

'됐다!'

2루수가 내민 글러브는 타구에 닿지 못했다. 파울 라인 안쪽에 타구가 떨어진 순간, 김대희가 주먹을 불끈 움켜쥐었다.

2사 후였기에 3루 주자는 진즉에 홈으로 들어왔고, 1루 주자도 3루에 도착해 있는 상태였다.

1타점 적시타!

한 점 더 추가하는 적시타를 때려내는 데 성공한 김대희가 재빨리 더그아웃 쪽으로 고개를 돌렸다. 그리고 잘했다는 듯이 엄지를 척 들어 올린 채 웃고 있는 김태식을 확인한 김대희의 입가에도 웃음이 번졌다.

2 : 0.

김대희의 적시타 덕분에 추가점을 올리는 데 성공한 순간, 태식이 고개를 돌려 이철승 감독을 바라보았다.

마침 이 쪽을 보고 있던 이철승 감독과 태식의 시선이 부딪혔다.

흥분해서일까?

낯빛이 상기된 이철승 감독은 강렬한 시선을 던지고 있었다.

"대체… 무슨 짓을 한 거냐?"

그 강렬한 시선을 통해서 이철승 감독은 이렇게 질문을 던지고 있었다.

"제가 한 것은 별로 없습니다."

이철승 감독에게 들리지 않을 작은 목소리로 대답하며 태식이 다시 그라운드로 시선을 던졌다.

아직 놀라기에는 일렀다.

나비효과(Butterfly Effect)!

나비의 작은 날갯짓이 태풍 같은 거대한 날씨 변화를 일으키듯이, 미세한 변화나 작은 사건이 추후 엄청난 결과로 이어진다는 뜻이 담긴 용어였다. 그리고 김대희에게서 시작된 작은 변화가 향후 심원 패롯스는 물론이고 KBO 리그의 판도를 통째로 바꾸는 큰 변화를 만들어낼 가능성은 충분했다.

먼 훗날의 이야기가 아니었다. 지금도 그 나비효과로 인해 경기 양상이 서서히 예상치 못한 방향으로 흐르고 있었다.

22. 결정력

"당황했어!"

맞은편 더그아웃을 살피던 태식이 잔뜩 미간을 찌푸리고 있는 양우석 감독을 확인하고 희미한 웃음을 머금었다.

심원 패롯스의 불안 요소.

두 팀의 3연전이 시작되기 전, 중앙 드래곤즈의 양우석 감독은 김대희를 이렇게 판단했을 터였다. 그렇지만 양우석 감독의 판단과 달리, 김대희는 경기에 출전해서 맹활약을 펼치고 있었다.

첫 경기에서 결승 타점을 올렸을 뿐만 아니라, 두 번째 경기에서도 추가 득점을 올리는 적시타를 때려냈으니까.

김대희의 예기치 못했던 활약으로 인해 당황한 것은 양우석 감독만이 아니었다.

경기 초반부터 위기를 맞으며 2실점을 허용한 선발투수 마크 스튜어트도 당황한 기색이 역력했고, 야수들도 함께 흔들리고 있었다.

슈아악!

타다닷!

마크 스튜어트가 7번 타자 조용기를 상대로 초구를 던진 순간, 김대희가 과감하게 스타트를 끊었다.

당황한 포수는 2루로 공을 던져보지도 못했다.

3루 주자가 그사이에 홈으로 파고들지도 모른다는 우려 때문에 송구 자세를 취하던 도중에 멈춘 것이었다.

'작전 지시가… 아니다!'

이철승 감독은 어떤 지시도 내리지 않았다. 즉, 이번 도루는 김대희가 스스로 판단해서 실행에 옮긴 단독 도루였다.

'왜?'

그 이유에 대해 고민하던 태식은 이내 답을 찾아냈다.

'팀에 도움이 되고 싶은 거로군!'

후반기가 시작되고 나서 지명타자로 나서고 있는 상황.

김대희가 수비에서 팀에 기여할 수 있는 부분은 없었다. 그래서 나름대로 팀에 도움이 될 수 있는 방법을 찾아 고민을 거듭한 끝에 타자로서, 또 주자로서 경기에 최대한 집중하고 있는 것이었다. 그리고 김대회의 단독 도루는 가뜩이나 흔들리고 있던 마크 스튜어트를 더욱 흔들리게 만드는 효과를 불러일으켰다.

"볼넷!"

제구가 흔들린 마크 스튜어트는 스트레이트 볼넷을 허용하며 다시 만루 위기에 몰렸다. 그리고 양우석 감독의 인내심은 여기까지였다.

"투수 교체."

중앙 드래곤즈의 2선발인 마크 스튜어트는 채 1회를 마무리하지 못하고 마운드에서 내려왔다.

마크 스튜어트에 이어서 마운드에 오른 것은 김병헌.

중앙 드래곤즈의 필승조를 맡고 있는 불펜 핵심 요원 중 한 명이었다.

경기 초반인 데다가 아직 2점차!

만약 이번 위기에서 더 이상 실점을 허용하지 않고 막아내기만 한다면, 충분히 경기를 뒤집을 수 있다는 양우석 감독의 계산이 담긴 투수 교체였다.

"덕수야. 이제 네 차례다."

천천히 타석으로 향하고 있는 용덕수를 지켜보던 태식이

말했다. 그리고 용덕수는 태식의 기대를 저버리지 않았다.

따악!

어수선한 분위기 속에 타석에 선 용덕수는 김병헌이 미처 정신을 차리기 전에 과감하게 공략했다.

원 볼 노 스트라이크 상황에서 2구째로 들어온 바깥쪽 꽉 찬 직구를 가볍게 밀어 쳐서 우전 안타를 터뜨렸다.

4 : 0.

순식간에 넉 점차로 벌어진 순간, 태식이 더그아웃에서 일어나며 환호했다.

최종 스코어 9 : 1.

승부는 경기 초반에 갈렸다.

1회에 4득점을 올린 심원 패롯스의 불붙은 타선은 쉽게 꺼지지 않았다.

2회에 2득점, 그리고 4회에도 2득점을 더 추가하며 점수 차를 크게 벌렸다.

거기에 이연수의 7이닝 1실점 호투까지 더해지면서 경기는 심원 패롯스의 일방적인 승리로 끝이 났다.

5연패 후 2연승.

심원 패롯스는 후반기가 시작하자마자 착 가라앉았던 팀 분위기를 반등시키는 데 성공했다. 그리고 양 팀의 3연전 마지막 경기의 양상도 엇비슷했다.

기세가 오른 심원 패롯스 타선은 중앙 드래곤즈의 3선발인 조우종을 상대로 4회 말에 폭발했다.

3번 타자 최순규부터 2번 타자 임현일까지.

타자 일순하면서 볼넷 두 개와 실책 하나를 포함해서 6안타를 터뜨리면서 6득점을 올렸고, 그것으로 승부는 결정됐다.

심원 패롯스는 스윕으로 후반기를 기분 좋게 시작했다.

*   *   *

따악!

묵직한 타격음과 함께 쭉쭉 뻗어나간 타구는 펜스를 훌쩍 넘기고 떨어졌다.

9회 말에 터진 솔로 홈런.

우송 선더스의 중심 타선에 포진되어 있는 장민섭이 2사 후에 홈런을 터뜨렸음에도, 우송 선더스의 홈구장은 조용했다.

현재 스코어 9 : 4.

비록 장민섭의 솔로 홈런이 터지면서 5점차로 추격했지만, 이미 9회 말 2사 후의 상황이었다.

5점차의 격차를 뒤집는 것은 불가능하다고 판단했기에 우송 선더스의 홈 팬들이 환호하지 않는 것이다. 그리고 그뿐만

이 아니었다.

심원 패롯스를 상대로 예상치 못했던 스윕 패를 목전에 두면서 리그 1위 자리를 대승 원더스에게 빼앗겼다는 것이 홈 팬들을 실망시킨 것이었다.

5점차의 여유 때문일까?

이철승 감독인 마무리 투수인 정기하를 마운드에 올리지 않고 추격조에 속한 김혁으로 끝까지 밀어붙였다.

따악!

6번 타자 심태평이 친 타구는 배트 중심에 잘 맞은 편이었지만, 타구의 방향이 좋지 않았다.

포구 지점을 미리 예측한 중견수가 뒤로 몇 걸음 물러나서 타구를 잡아내며, 경기는 그대로 종료됐다.

6연승.

리그 3위였던 중앙 드래곤즈에 이어 3연전을 펼치기 전까지 리그 선두를 달리던 우송 선더스까지 잇따라 스윕으로 잡아내며 심원 패롯스는 6연승의 가파른 상승세를 탔다.

1차전 스코어 8 : 3

2차전 스코어 11 : 6

3차전 스코어 9 : 4

심원 패롯스가 우송 선더스와 펼친 3연전 경기들의 스코어였다.

심원 패롯스가 올린 득점에서 볼 수 있듯이 강호인 우송 선더스를 상대로 스윕을 거둘 수 있었던 원동력은 막강 화력을 선보였던 타선의 힘이었다.

"균형을 잡았어."

지난 우송 선더스와의 3연전을 되짚어보던 태식이 환하게 웃었다.

14타수 7안타, 7타점.

우송 선더스와의 3연전 동안 태식이 타석에서 남긴 기록이었다.

5할의 타율에 홈런 하나를 포함해 7타점을 기록한 성적은 흡족한 마음이 들 정도로 괜찮았다. 그렇지만 더 기뻤던 것은 하위 타순에 포진한 김대희와 용덕수가 맹활약하면서 상하위 타선의 불균형이라는 심원 패롯스의 약점을 지워냈던 것이었다.

"얻은 게 꽤 많아!"

후반기 시작과 함께 6연승을 달리는 과정에서 심원 패롯스는 얻은 것이 많았다.

우선, 순위가 바뀌었다.

전반기 막바지에 5연패를 당하면서 리그 9위로 전반기를 마감했던 심원 패롯스는 후반기가 시작하자마자 6연승을 내달리면서 리그 7위까지 순위가 상승해 있었다.

두 번째 소득은 자신감을 얻은 것이었다.

6연승의 제물이 된 것은 우송 선더스와 중앙 드래곤즈.

현재 리그 2, 3위를 달리고 있는 강팀들이었다. 그 강팀들을 상대로 차례로 스윕을 거두면서 선수들은 할 수 있다는 자신감을 얻었다.

세 번째 소득은 올 시즌 심원 패롯스의 약점 중 하나였던 투타의 불균형이 일시적이나마 해소됐다는 점이었다.

상하위 타선의 불균형이라는 문제점이 해결되자, 마치 기다렸다는 듯이 그동안 침묵하던 타선이 봇물 터지듯 동시에 터지며 막강한 화력쇼를 선보였다.

"다음 목표는 일단 5할 승률로 잡으면 되겠군."

태식이 조용히 다음 목표를 잡고 있을 때, 휴대전화가 진동했다.

*   *   *

"고맙습니다."

송나영이 생긋 웃으며 감사 인사를 건넸다.

"갑자기 왜?"

당황한 기색을 드러내고 있는 김태식에게 송나영이 갑자기 감사 인사를 건넨 이유를 알려주었다.

"김태식 선수 덕분에 제가 작성한 기사의 가치가 팍 하고 치고 올라갔거든요."

이미 어떤 상황이 벌어지고 난 후에 그대로 옮겨 적는 기사보다는 그 전에 정확히 예측해서 작성한 기사가 훨씬 더 가치가 있는 법이다.

일전에 김태식이 건넸던 말이었다. 그리고 그 말이 옳았다.

김태식의 충고대로 미리 예측해서 작성했던 송나영의 기사는 적중했다.

수비 부담을 덜어낸 김대희의 가세가 심원 패롯스 타선 폭발의 기폭제 역할을 하면서 심원 패롯스는가 6연승을 내달렸기 때문이다.

"역시 우리 송 기자는 촉이 좋다니까. 내가 이래서 송 기자를 좋아하지 않을 수가 없어. 다들 뭐 하고 있어? 얼른 박수 치지 않고. 그렇게 박수만 치지 말고 전부 우리 송 기자처럼 열심히 좀 일해봐. 거, 뭐냐… 그래. 도전 정신을 갖고 취재에 임하고 공격적으로 기사를 작성하라고."

심원 패롯스가 강팀인 중앙 드래곤즈와 우송 선더스와의

맞대결에서 잇따라 스윕을 거두자, 유인수의 태도는 돌변했다.

만약 심원 패롯스가 부진하면 사표를 쓰라고 엄포를 늘어놓는 걸로 모자라, 인상을 꽉 쓴 채로 쥐 잡듯이 괴롭히던 유인수는 언제 그랬냐는 듯이 상냥한 미소를 입에 걸고 칭찬을 늘어놓기 바빴다.

"언제부터 우리 송 기자였다고."

당시의 기억을 떠올리던 송나영이 못마땅한 표정으로 혼잣말을 꺼냈을 때였다.

"방금 뭐라고 하셨죠?"

"아, 혼잣말이니까 신경 쓰지 마세요."

고개를 갸웃하던 김태식이 웃으며 말했다.

"어쨌든 다행이네요."

"네, 진짜 다행이에요. 하마터면 실업자 될 뻔했었거든요."

"네?"

"헤헤, 이것도 그냥 해본 말이니까 신경 쓰지 마세요. 어쨌든 다시 한번 정식으로 인사드릴게요. 진짜 고마웠어요."

"제 덕분이 아닙니다. 송 기자님의 혜안이 빛을 발한 거죠."

"어머, 그동안 몰랐는데 달달한 말씀도 잘하시네요. 혹시……."

"혹시 뭡니까?"

"연애하시는 것 아닌가요?"

송나영이 두 눈을 가늘게 뜨고 추궁했다.

그냥 농담 삼아 한번 던졌던 말이었는데.

김태식은 살짝 당황한 기색을 드러냈다. 그런 김태식의 반응을 확인한 송나영의 눈빛이 강렬하게 변했다.

"어머, 진짜 연애하시나 보네요."

"아닙니다."

"에이, 진짜인 것 같은데? 저, 촉이 엄청 좋기로 소문났거든요."

"아니라고 말씀드렸습니다."

김태식은 순순히 실토하는 대신, 강하게 부인했다. 그렇지만 송나영은 분명히 제대로 짚었다는 생각이 들었다.

"그나저나 표정이 왜 그러세요?"

"네? 제 표정이 어때서?"

"갑자기 좀 어둡게 변하신 것 같아서요."

김태식이 걱정스러운 시선을 던지며 꺼낸 말을 들은 송나영이 양손을 들어 올려서 두 뺨을 감쌌다.

'송나영. 너 대체 왜 이래?'

김태식이 연애를 하든 말든 자신과는 아무런 연관이 없었다.

그런데 왜일까?

김태식이 지금 만나고 있는 사람이 있다는 사실을 직감한 순간, 이상하게 서운한 마음이 들었다.

　제대로 표정 관리도 되지 않을 정도로.

　'정신 차리자. 송나영!'

　계속 얼굴에 닿아 있는 김태식의 시선을 슬그머니 피하며 송나영이 서둘러 화제를 전환했다.

　"오히려 제가 드리고 싶은 질문인데요."

　"네?"

　"김태식 선수 표정도 많이 어두운데요."

　"그런가요?"

　딱히 부인하지 않고 쓰게 웃는 김태식의 반응을 확인한 송나영이 의아한 시선을 던졌다.

　"심원 패롯스는 후반기에 접어들자마자 강팀인 우송 선더스와 중앙 드래곤즈를 상대로 잇따라 스윕을 기록하면서 6연승을 달렸잖아요. 그 과정에서 김태식 선수의 성적도 준수했고요. 아니, 준수했다는 말은 어울리지 않네요. 팀의 6연승을 견인하는 대단한 활약을 펼쳤죠. 그런 만큼 제가 생각하기에는 김태식 선수의 표정이 어두울 이유가 전혀 없을 것 같은데. 대체 이유가 뭐죠?"

　"좀 불안해서요."

　"대체 뭐가 불안한가요?"

"심원 패롯스가 안고 있는 불안 요소가 자꾸 마음에 걸리네요."

"심원 패롯스의 불안 요소요?"

송나영이 슬쩍 미간을 찡그렸다.

그녀가 알고 있는 심원 패롯스의 불안 요소는 김대희와 강만호였다. 그러나 지금은 그 불안 요소가 사라진 상태였다.

덕분에 심원 패롯스는 강팀들을 상대로 6연승을 거둘 수 있었던 것이었고.

'또 무슨 불안 요소가 남아 있는 거지?'

송나영이 곰곰이 생각에 잠겼을 때, 김태식이 입을 뗐다.

"지금의 우리 팀은 화려합니다."

"……?"

"공격 야구는 무척 화려하게 보이니까요. 하지만 화려함의 이면에는 어두운 그림자가 자라게 마련이죠."

마치 철학책 속의 한 구절을 듣는 느낌이랄까.

제대로 이해하지 못한 송나영이 부탁했다.

"좀 더 쉽게 설명해 주시면 안 될까요?"

"음, 공격 야구는 경기장에 관중을 불러들일 수 있지만, 우승은 가져오지 못한다는 이야기. 혹시 들어본 적 있나요?"

"네."

"그만큼 타격은 믿을 수 없다는 뜻이죠. 지금 심원 패롯스의 타선이 막강 화력을 발휘하고 있지만, 타격에는 기복이 있어요. 언제든지 부진에 빠질 수 있죠."

그제야 말뜻을 이해한 송나영이 작게 고개를 끄덕였다.

조금 전에 김태식이 입 밖으로 꺼냈던 속설처럼 타선은 믿을 수 없었다. 어떤 경기에서 10점 이상을 뽑아내며 대폭발했다가도 다음 경기에서는 단 1점도 내지 못하는 경우도 부지기수였으니까.

"우리 팀도 마찬가지에요. 지금은 막강한 화력을 뽐내고 있는 덕분에 드러나지 않지만, 타선이 부진에 빠지면 이면의 어두운 그림자, 즉 약점이 드러날 겁니다."

"어떤 약점이죠?"

김태식이 망설이지 않고 대답했다.

"결정력!"

『저니맨 김태식』 5권에 계속…

초대형 24시 만화방

신간 100%, 샤워실, 흡연실, 수면실(침대석), 커플석, 세탁기 완비

▪ 시흥 정왕25시점 ▪

경기 시흥시 정왕동 1742-13 미스터피자 건물 5층
031) 319-5629

▪ 강북 노원역점 ▪

서울 노원구 상계동 340-6 노원역 1번 출구 앞 3층
02) 951-8324 (화용빌딩 3층)

▪ 일산 정발산역점 ▪

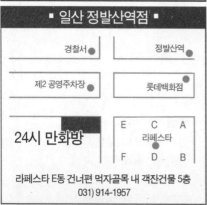

라페스타 E동 건너편 먹자골목 내 객잔건물 5층
031) 914-1957

▪ 일산 화정역점 ▪

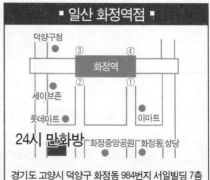

경기도 고양시 덕양구 화정동 984번지 서일빌딩 7층
031) 979-4874 (서일사우나 건물 7층)

▪ 부천 역곡역점 ▪

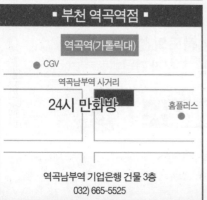

역곡남부역 기업은행 건물 3층
032) 665-5525

▪ 부평역점 ▪

(구) 진선미 예식장 뒤 한신포차 건물 10층
032) 522-2871

천마신교 낙양지부

정보석 新무협 판타지 소설

FANTASTIC ORIENTAL HEROES

무협武俠의 무武란 무엇을 뜻하는가?
바로 자신의 협俠을 강제强制하는 힘이다.

자신을 넘어, 타인을 통해, 천하 끝까지 그 힘이 이른다면,
그것이 곧 신神의 경지.

일개 인간이 입신入神하기 위해
필요한 것은 무엇인가?

지금, 그 답을 찾기 위한
피월려의 서사시가 시작된다!

Book Publishing CHUNGEORAM   WWW.chungeoram.com